Monica

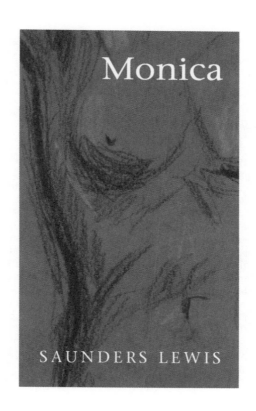

Monica

SAUNDERS LEWIS

Cyhoeddwyd yn 2013 gan Wasg Gomer,
Llandysul, Ceredigion SA44 4JL.

ISBN 978 1 84851 542 0

Dymuna'r cyhoeddwyr gydnabod cymorth
Cyngor Llyfrau Cymru.

Argraffwyd a rhwymwyd yng Nghymru gan
Wasg Gomer, Llandysul, Ceredigion.

Rhagymadrodd

Nofel radical yw *Monica* Saunders Lewis. Chwyldro o nofel. Ni chafwyd unrhyw nofel Gymraeg mor uchelgeisiol ei hamcan â hon erioed. Bwriad yr awdur oedd gwneud llawer mwy na chyfansoddi darn o lenyddiaeth yn unig.

Rhan o brosiect ydoedd, rhan o ymgais Saunders Lewis rhwng symud i Gymru yn 1921 a llosgi'r Ysgol Fomio yn 1936 i 'newid hanes Cymru'. Dyma'r blynyddoedd pryd y sefydlodd Blaid Genedlaethol Cymru a'r *Ddraig Goch*, yntau'n llywydd y naill a golygydd y llall. Cyhoeddai ysgrifeniadau gwleidyddol a beirniadol ffurfiannol eu dylanwad a gwrthdrefedigaethol eu hanian. Yng nghanol y rhyferthwy hwn, ac yn rhan annatod ohono, fe saif *Monica*.

Ceir yma stori hoeden ifanc o'r enw Monica sy'n byw er mwyn cyfathrach rywiol yn unig. Fe gerdda strydoedd Caerdydd liw nos yn chwilio am gariad, a chael lwc yn y diwedd, mewn lle cwbl amhriodol, ac wedi'i rwydo, ei briodi. Symuda'r ddeuddyn hapus i faestref anghymreig ger Abertawe, gan lenwi eu dyddiau â rhyw a'r awydd am ryw. Fe feichioga Monica, ond nid i fyd bodlon magu plentyn y dug hyn hi, ond yn hytrach i drybini.

Tuedd beirniaid llenyddol heddiw yw haeru nad oes dim yn y nofel sy'n debyg o beri sioc i neb. Dydw i ddim mor siŵr. Gwir na cheir yr un disgrifiad o'r weithred rywiol ynddi. Ond ar lefel ddofn, yn ei ymhél â'r *psyche* dynol, dyma nofel ysgeler iawn, yn llawer mwy anfad na dim mae hyd yn oed ein nofelwyr cyfoes wedi ei ysgrifennu.

Yn sicr, nid edrychwyd arni fel nofel ddiniwed pan dreiglodd o'r wasg am y tro cyntaf yn 1930. Yr oedd, meddai E. Tegla Davies mewn adolygiad nid anenwog yn *Yr Eurgrawn Wesleaidd*, yn ddim amgen na 'dadansoddiad fferyllol o domen dail', a nododd wedyn:

> Y mae dadansoddiad tamaid o domen yn bwysig weithiau, er hyrwyddo gwyddoniaeth, ond yn ystafell y gwyddon y gwneir y dadansoddiad, ac nid gerbron y byd . . . Chwalu ei domen yng ngŵydd y wlad, nes bod y drewdod yn llenwi'r awyr, y mae awdur *Monica*.

Amddiffyniad Saunders Lewis yn erbyn y cyhuddiad hwn oedd haeru bod *Monica* yn nofel Gatholig, a bod y pechod a'r pechaduriaid sydd ynddi yno i'w condemnio. Anlladrwydd at iws gwlad felly; rhyw arbrawf diwinyddol lle mae pechaduriaid yn cael pechu go iawn, a'u crogi wedyn.

'Colled i lenyddiaeth yw colli pechod' ysgrifennodd yn ei 'Lythyr ynghylch Catholigiaeth' yn *Y Llenor* dair blynedd ynghynt. Swydd pechod oedd ei dweud hi'n onest am y natur ddynol, yn enwedig yng Nghymru, gwlad y menig gwynion, lle gwadai arweinwyr y bywyd Cymraeg fod pechod go iawn yn bod: 'Heb bechod ni cheir fyth ddim oddieithr barddoniaeth delynegol megis y sydd yng Nghymru heddiw, ac a geir hefyd, mi glywais ddweud, yn y nefoedd, gwlad arall sy'n brin o bechaduriaid.'

Roedd Saunders Lewis yn dyrchafu pechod er mwyn diraddio'r math o Gristnogaeth ryddfrydol, ddyneiddiol a oedd yn ennill tir yn y Gymru anghydffurfiol, ac yn troi meddyliau arweinwyr y bywyd Cristnogol Cymraeg yn jeli sentimental. Ac eto, nofel yw hon sy'n mwynhau ei nwyd.

Dyma baradocs *Monica*. Mae'r ddiwinyddiaeth geidwadol sy'n condemnio chwant dilyffethair yn bodoli ochr yn ochr â dadl fwy cymhleth fod rhywioldeb yn bod, ac yn rhan hanfodol, os cuddiedig yn aml, o'n bywydau i gyd.

Oherwydd ei golwg cam ar bethau, nofel fodernaidd yw *Monica*. Nid oes unrhyw ymdrech i adlewyrchu'r byd 'fel y mae' fel y ceir gan Kate Roberts yn *Traed mewn Cyffion*. Yn hytrach, yn null paentwyr swrealaidd fel Salvador Dalí, fe gaiff realiti ei wyro a'i lygru er mwyn dangos mai rhith yw'r byd allanol, a bod greddfau anweledig ar waith.

Wrth dyrchu i'r isymwybod y digwydd hyn fwyaf – megis pan freuddwydia Monica ei bod yn offeiriades mewn teml ddwyreiniol, ac yn dienyddio'i gŵr â chleddyf finiog, ffalig. Ystumiau anffurfiedig yw'r cymeriadau mewn sawl golygfa arall – gwallt euraid Monica 'yn fflapio fel adenydd ar ei phen wrth iddi chwerthin', a gwryw sy'n chwennych rhyw a'i 'wefusau tewion yn gweflo o gwmpas y sigarét'. Mae pob un o'r rhain yn gysylltiedig mewn rhyw ffordd â rhywioldeb Monica.

Ceir yn ogystal aflunio ar gyfrwng y nofel ei hun. Yn debyg i swrealydd sy'n camdrin paent ar gynfas, aeth Saunders Lewis ati i anrheithio iaith wrth lunio *Monica*. Yr her fwyaf sy'n wynebu darllenwyr y nofel heddiw yw ymgodymu â'i arddull ysgrifennu stacato, sydd eto'n chwithig o orlenyddol ac amlgymalog ar brydiau, a geiriau a ffurfiau gramadegol sydd mor *über*-Gymraeg nes eu bod mewn gwirionedd yn anghymreig. Pethau megis 'rhywyr', 'pan elont allan', 'pan arddont', 'deirblwydd iau na mi', 'erchi ei ddiod', 'Odid nas carai'n fwy', 'onis gwelai hi', 'ebrwydd', 'trigain munud', 'yn drystiog', 'deufatras' ac ati, sy'n gywir bob un, ac eto'n annisgwyl i'r darllenydd, yn enwedig o'u pentyrru ar ben ei gilydd.

Dyma ymgais Saunders Lewis i ddadsefydlogi byd *Monica*. Nid awgryma'r arddull, fel yr honna rhai, ddiffyg gafael y nofelydd ar Gymraeg llafar, os yn wir Saesneg oedd iaith yr aelwyd yn ystod dyddiau ei blentyndod yn Lerpwl. Yn hytrach mae'n dangos fod holl ymgom y nofel drwyddi draw yn Saesneg, nid yngenir yr un gair o Gymraeg ynddi, a bod y ffaith hwn gymaint condemniad ar ddatblygiad bywyd modern yng Nghymru ag i fod yn drais ar Gymraeg y nofel ei hun.

Gweler felly fod agwedd Saunders Lewis at foderniaeth yn ddeublyg. Ar y naill law, fe'i condemnia gan leoli *Monica* mewn sybyrbia cwbl anghymreig, yn debyg i Newton (y Drenewydd yw ei enw yn y nofel), y faestref lle roedd ef ei hun yn byw, yr ochr draw i'r Mwmbwls, ryw 'bum milltir oddi allan i Abertawe'. Dyma gynefin y dosbarth canol newydd yr oedd yn rhan ohono ac a ffieiddiai, gyda'i dennis a'i *bridge* a'i golff a'i ddarllen defodol ar y *Daily Mail*. Byd o anheddau *semi-detached* â'u ffenestri *porched* a lawntydd llydan, 'uffernau twt, pob un a'i gardd flodau o'i blaen'.

Yma mae modernrwydd Seisnig wedi disodli'r hen fywyd gwledig Cymreig: newid a adlewyrchir yn gynnil gan sylw un o'r trigolion y dylai ymadrodd gwerinol am faw gwartheg ildio'i le i'r gair snob, 'gweddillion'. A diau mai cyfeiriad yw hwn hefyd at newid iaith yn y cyfnod o Gymraeg i Saesneg.

I ryw raddau, dychanol yw agwedd Saunders Lewis at Gaerdydd hefyd. Digwydd tipyn go lew o'r actio (drama ryddiaith yw *Monica*) yn rhan gyntaf y nofel yno, ar lwyfan y *landing* yng nghartref rhieni Monica. Er mai tŷ go dlodaidd yw hwnnw, mae ei ddeulawr yn symbol o'r symud a fu o'r bwthyn gwyngalchog yn y wlad i fywyd dinesig. Lle diwreiddiedig yw'r byd modern, dinasol hwn, a cheir ambell dinc mwy anghynnes na'i gilydd yn yr achwyn arno megis pan gwyna tad Monica fod rhaid iddo 'fynd at fy Iddew', ei gyflogwr rhan amser.

Ac eto, yn nhyb Saunders Lewis, yr oedd moderniaeth yn anghenraid er mwyn rhyddhau Cymru o'i hualau rhyddfrydol, anghydffurfiol, Prydeinllyd. Modernrwydd gwladychol a wrthwynebai, modernrwydd Seisnig yn trefedigaethu yng Nghymru. Gwyddai mai'r unig ffordd o'i wrthsefyll oedd cael modernrwydd Cymraeg yn ei le.

Rhan o'r ymgais i greu modernrwydd Cymraeg yw seilio hanner y nofel yng Nghaerdydd – y nofel Gymraeg gyntaf o bwys i'w lleoli mewn dinas. Yn ei ysgrifeniadau politicaidd rhwng y ddau ryfel byd fe ddeisyfa Saunders Lewis sefydlu yn y brifddinas fetropolis Cymreig. Ac i ryw raddau, fe lwyddodd. Un o eironïau melysaf llenyddiaeth Gymraeg yw fod Treganna, 'rhodfa gyffredin' Monica, a maestref a oedd ar ddiwedd yr 1920au yn gyfangwbl ddi-Gymraeg, bellach yn un o gadarnleoedd y Gaerdydd Gymraeg a grëwyd i raddau helaeth yn sgil cyflawniadau'r mudiad cenedlaethol a sefydlodd Saunders Lewis.

Rhan bwysig arall o'r foderniaeth hon yw cymeriad Monica ei hun. Arwres yw Monica, gan mai hi yw'r offeryn sy'n datgelu rhagrith y gymdeithas Gymreig. Uffern ar y ddaear yw ei byd, ond mae'n llai afiach o lawer na Chymru bwdr, gapelgar, ddauwynebog David Lloyd George. Mae i Monica un rhinwedd bwysig na fedd arweinwyr Cymru arni – gonestrwydd.

Er mwyn cynorthwyo yn y gwaith o godi cenedl yr ysgrifennwyd *Monica*, ac ym marn Saunders Lewis ni ellid gwneud hynny heb garthu'n gyntaf fudreddi'r *ancien régime*. Fel yn *Cymru Fydd*, y ddrama fawr fodern honno am genhedlaeth chwyldroadol Cymdeithas yr Iaith Gymraeg yn yr 1960au, fe geir awydd nihilistaidd i ddinistrio Cymru Fu. Rhaid i Monica ddewis ei dyfodol, fel y gwna Dewi. Efallai nad yw Bob yn credu 'mewn byw yn beryglus' ond un wahanol yw Monica. Mae am fentro a dial, a hynny ar y gymdeithas mae'n byw ynddi gymaint ag ar Bob ei hun.

Nid yw'n gyd-ddigwyddiad fod ei chyfenw, Maciwan, yn addasiad o enw un o arwyr pennaf Saunders Lewis, y cenedlaetholwr tanbaid, Emrys ap Iwan. Fe gaiff natur hybrid Monica ei hadlewyrchu yn y gymhariaeth hon, sy'n un eironig gan fod Monica yn amlygiad ei hun o aflendid, ond yn gadarnhaol hefyd gan ei bod, fel Emrys ap Iwan, yn fflangellu cymdeithas anghymreig.

Cenedlaetholdeb hefyd yw'r cyd-destun priodol ar gyfer deall pwnc canolog a mwyaf dadleuol y nofel, gwleidyddiaeth rhyw. Ymateb yw *Monica* i'r Llyfrau Gleision, yr adroddiad llywodraethol yn 1847 a gyhuddodd ferched Cymru o anniweirdeb, a'r Cymry o fod mewn anwybodaeth brawychus o'r Saesneg. Adweithiodd y Cymry trwy godi parchusrwydd a Phrydeindod yn gonglfeini eu Cymreictod, trwy ddiarddel rhyw a rhywioldeb o fywyd y genedl, ac wrth gefnu ar y Gymraeg.

Roedd pietistiaeth o'r fath yn drwyadl drefedigaethol, y Cymry yn byhafio'n blant bach da o flaen eu meistri Seisnig. Gwyddai Saunders Lewis hyn yn iawn. Brad y Llyfrau Gleision yw un o bynciau mawr ei ddarlith, *Tynged yr Iaith*.

Ond ni fuasai'r Llyfrau wedi cael y fath effaith heb ddefnyddio rhyw yn arf seicolegol yn erbyn y Cymry. Trwy fychanu'r Cymry yn rhywiol fe'u cafwyd i gefnu ar eu hiaith. Wrth drafod rhyw yn gyhoeddus, a chwalu'r tabŵ hwnnw, tarodd Saunders Lewis ergyd yn erbyn y cyffion Anghydffurfiol-Brydeinig a fuasai am arddyrnau'r Cymry gyhyd.

Aeth yn ddisgybl i Sigmund Freud, sylfaenydd pennaf gwyddor seicdreiddiad; yn wir yn gaeth iddo. Cred Freud yw bod unigolion yn cael eu llywio gan reddfau diarwybod iddynt hwy eu hunain, a'r bwysicaf o'r rhain yw'r reddf rywiol.

Cyn cyhoeddi *Monica*, yr oedd Saunders Lewis eisoes wedi defnyddio syniadau Freud yn helaeth iawn. Fe briodolasai gymhellion Freudaidd i lenorion mor amrywiol â T. H. Parry-Williams, Prosser Rhys, Caradog Prichard, Ceiriog a Gwenallt. Drama Freudaidd yw *Blodeuwedd* (mae Blodeuwedd yn ffigwr hynod debyg i Monica mewn sawl ffordd) y gwelodd ei dwy act gyntaf olau dydd yn *Y Llenor* yn 1923 a 1925.

Y llyfr mawr a gyhoeddodd am y Pêr Ganiedydd yn 1927, *Williams Pantycelyn*, yw ei astudiaeth Freudaidd fwyaf dadleuol. Dadl y gyfrol yw bod yr emynydd yn ŵr nwydus, a bod dirnad ei rywioldeb, a rhywioldeb rhai o'i greadigaethau fel Theomemphus, yn hanfodol er mwyn ymateb i'w waith.

Y nwyd anifeilaidd hwn, prif swmbwl bywyd dyn, ei chwant direol a lywia ei feddwl boed gwsg boed effro, mewn breuddwyd neu fyfyrdod, hwn, medd Pantycelyn, yw'r cyfrwng a ddwg ddyn at Dduw.

Nid oedd yr awgrym hwnnw wrth fodd anghydffurfwyr Cymru, ond fe osododd ganllawiau pendant iawn ar gyfer y nofel a gyhoeddai dair blynedd yn ddiweddarach ac a gyflwynir i goffadwriaeth Pantycelyn, 'unig gychwynnydd y dull hwn o sgrifennu'.

Beth gan hynny a ddaw o serch cnawd a nwyd rhyw? A raid eu lladd a'u diwreiddio o'n natur? Gwyddom ateb yr eneidegwyr: nis gellir. Eu gwrthod yw eu troi'n atalnwyd yn y diymwybod, a magu hadau gwallgofrwydd a drwg.

Dyma'r templed ar gyfer *Monica*, ac nid oes bai felly ar ei harwres am fwynhau rhyw. Mae'r tair blynedd rhwng priodi a beichiogi yn ddedwydd iddi, a chaiff ryw cyson ac aml. Honna un beirniad mai 'neges gnewyllol' y nofel yw 'fod nwyd yn sylfaen annigonol i briodas'. Efallai fod hynny'n wir, ond erys y ffaith fod priodas Monica yn ei chyfnod nwydus yn un ddigon llwyddiannus. Nid oes rhaid dehongli'r disgrifiadau o Monica yn boddhau ei gŵr fel rhai sy'n bwrw sen arni.

Hyd yn oed yn nhymor eu gwynfydau ar y gwely mawr, rhyfeddasai ef weithiau at delynegrwydd ei wraig, brodwaith ei dychymyg hi o gwmpas gwaith syml y cnawd. Buasai serch llai gormesol yn dygymod yn aml â chlai cyffredin Bob, er na ddysgodd erioed fod yn ddihitio o dan gyffyrddiad Monica.

Daw trafferthion Monica i'r wyneb pan nad oes ganddi fywyd rhywiol, yn ystod y blynyddoedd hir yng Nghaerdydd yn chwilio am gymar ac 'angerdd dyhead' bron â'i llethu. A dônt eto yn ystod cyfnod ei beichiogrwydd pan fo salwch meddwl yn drech na hi, a'r rhwystrau rhywiol yn troi i mewn arnynt hwy eu hunain gan arwain at *dénouement* y nofel.

Ar ddechrau *Monica* y ceir yr awgrym cliriaf o'r hyn sydd wedi

mynd o chwith. Mae ymgom hir Monica yng ngŵydd Alis, a'r
'siarad yn debyg i dynnu cadachau oddi ar glwyf', yn dynwared
arfer y seicdreiddydd o adael i glaf adrodd ei stori, a dilyn trywydd
ei feddyliau ei hun. Dewis Monica wrth draethu yw canolbwyntio
ar ei magwraeth, a'i pherthynas â'i mam, ei thad a'i chwaer.

Dysg Freud mai natur ein perthynas â'r rhai sydd agosaf atom,
ein rhieni yn bennaf, yn ystod blynyddoedd cyntaf ein hoes
sy'n ffurfio cymeriad, a'i chwiwiau amryfal. Tarddiad 'gwyrdroad
rhywiol' Monica yw'r niwrosis sy'n deillio o berthynas anfoddhaol
â'i thad; yn wir, 'ychydig a welai o'i thad'. Hannah, ei chwaer, yw'r
ffefryn ar yr aelwyd. Dyma sy'n esbonio ei dewis o gymar, a'i
thriniaeth ohono. Honna D. Tecwyn Lloyd fod absenoldeb neu
bellter y tad, sy'n fotiff gweddol amlwg yn llawer o weithiau
Saunders Lewis, yn ganlyniad i'w ddehongliad seicdreiddiol o'i
blentyndod ei hun.

Mae cysylltiad amlwg rhwng hyn a'r agwedd at ryw. Mae
obsesiwn Monica â phuteiniaid a phuteina yn celu'r ofn mai
putain ydyw ei hun. Yn wir mae rhywioldeb yn hollbresennol. Pan
mae Bob yn cwrdd â Monica am y tro cyntaf, mae'n symud
blaenau ei fysedd dros ffwr 'mewn ystum anwes'. I Freud, symbol
yw ffwr ar gyfer y mannau dirgel benywaidd. Mae'r cathod, yn eu
glendid ac yna yn eu budreddi, yn cynrychioli rhywioldeb
benywaidd hefyd.

Wedi i Monica feichiogi, edrycha Bob ymlaen at fod 'yn dad ac
yn benteulu', a defnyddir symbolaeth led ffalig i awgrymu ei bŵer
rhywiol. Mae'n ŵr â'r 'wialen o'r diwedd yn ei law ef'. Ond i
Monica, mae hyn yn cymysgu rôl y carwr a'r tad mewn ffordd
drychinebus, a chyda gŵr a thad wedi mynd yn un, fe lithra'n ôl i
forbidrwydd ei morwyndod.

Byddai Saunders Lewis yn chwarae drosodd a thro â llawer o'r
themâu seicdreiddiol a rhywiol hyn mewn nifer o'i weithiau
creadigol – *Blodeuwedd, Siwan, Esther, Gymerwch Chi Sigarét?, Cymru
Fydd*. Mae'n anffodus iddynt gael eu dadansoddi yn nhermau
gwrthdaro syml, anghymhleth rhwng serch rhywiol a chariad
cyfrifol. Go brin y gellir cysoni dehongliad o'r fath â diddordeb
ysol Saunders Lewis yn yr isymwybod.

Wela i ddim diben diflasu cenhedlaeth newydd o Gymry â
dadleuon yn erbyn rhyw a rhywioldeb nad ydynt yn dal dŵr, nac

ychwaith yn cynrychioli'n gywir drywydd meddwl Saunders Lewis. O blith ein holl hawduron, Saunders Lewis yw'r mwyaf agored a gonest ei agwedd at ryw. Ymgais i archwilio'r ysfa rywiol yn aeddfed yw llawer o ddramâu a nofelau y llenor mawr hwn.

Simon Brooks
Eifionydd
Ionawr 2013

Rhagair

Pan gyhoeddwyd *Monica* yn 1930, prin oedd y croeso a gafodd,
a hynny am resymau digon amlwg. Er mai *Doctor Nuptiarum*
William Williams Pantycelyn oedd ei man cychwyn addefedig, yr
oedd hefyd yn drwm dan ddylanwad nofelwyr Catholig Ffrengig
cyfoes, yn enwedig François Mauriac. Ymdriniai â chymeriadau
y gellid eu hystyried yn anfoesol heb foesoli dim. Ni welwyd ar
y pryd fod y darlun cignoeth a dynnai o gwlt y synhwyrau – ar
lefel ddigon distadl, mae'n wir – hefyd yn gondemniad llwyr
a hollol (er nad didosturi) ar y cwlt hwnnw, ac ar y gwacter
ysbrydol, moesol a diwylliannol a'i gwnaethai'n bosibl. Ers rhai
blynyddoedd bellach y mae'r farn am y nofel wedi dechrau
newid, a beirniaid mor awdurdodol â Dr Kate Roberts (yn *Saunders
Lewis, ei feddwl a'i waith*, 1950), Dr John Rowlands (yn *Ysgrifau
Beirniadol V*, 1970), Dr Bruce Griffiths (yn *Saunders Lewis*, 1979) a
Dr Delyth George (yn *Y Traethodydd*, Gorffennaf 1986) wedi codi
eu llais o'i phlaid. Y mae'n ddiamau'n nofel rymus eithriadol, a'r
nofelydd yn llwyr reoli'i ddeunydd o'r dechrau i'r diwedd. (Yn wir,
un feirniadaeth bosibl arni, er na fuasai ef fyth yn cydnabod ei
grym, yw fod y rheolaeth honno'n ormodol.) Ardderchog o beth
yw fod Gwasg Gomer, gyda chydsyniad parod Mrs Mair Jones,
merch Dr Saunders Lewis, yn rhoi'r enghraifft wiw a phwysig hon
o gelfyddyd yr awdur yn ein dwylo unwaith yn rhagor.

R. Geraint Gruffydd
1989

Y Bennod Gyntaf

'Clyw'r wraig yna eto.'

'Honno sy'n chwerthin?'

'O hyd ac o hyd. Mae'n crafu fy nerfau i. Bob hwyr bydd hi a'i gŵr yn sgwrsio gyda Mrs North, ac waeth beth a ddywedo'r gŵr, bydd hi'n ei glywed yn ddigri, a chwerthin hir wedyn. Welaist ti moni? Dos at y ffenestr yn awr.'

Aeth yr ieuengaf o'r ddwy chwaer heibio i'r gwely ac edrychodd ar y tai newydd a godwyd gyferbyn â hwynt. Gwelodd gefn y wraig a chwarddai, ei llaw ar gorn peiriant lladd glaswellt, ei gŵr wrth ei hymyl. Gogwyddai eu pennau tuag i fyny, canys pwysai Mrs North drwy ffenestr goruwch iddynt a thipyn i'w chwith. Yn ddeuoedd y codwyd y tai newydd, a phob dau yn dwt a chryno megis un tŷ o faint gweddol.

'Honno â'r gwallt golau cyrliog wedi'i shinglo yw hi?'

'Ie, a dyna'i gŵr hi. Fedri di ddim gweld ei hwyneb hi eto. Mae hi'n ddel, ond bod ganddi wyneb fel plentyn wedi'i sbwylio, a phwt o drwyn. Maciwan yw'r enw, yn ôl Mrs North, ac wedi priodi ers tair blynedd y maent. Dacw hi'n troi yn awr.'

'Mae rhyw lun od arni.'

'Tan ei gofal y mae hi. Edrych, dacw'r cathod yn dyfod allan trwy'r drws. Roeddyn nhw yn yr ardd ar hyd y bore. Hi piau nhw yn siŵr iti.'

'Yn awr, Alis, rhaid iti orwedd yn ôl a cheisio cysgu.'

'Paid â thynnu'r llenni ynteu. Mae hi mor olau ar ôl rhoi'r clociau ymlaen, ac fe fydd y lleuad yn codi cyn darfod y machlud. Mi gaf wylio drwy'r ffenestr os na allaf i gysgu, ac wedyn mi anghofiaf yr oriau.'

Aeth ei chwaer oddi wrthi. Cododd Alis ar ei heistedd eilwaith gan syllu ar y cwmni dros y ffordd. Yr oedd hi wedi naw ar gloch ar noson braf yn niwedd Ebrill. Codasai'r lloer yn llawn onid oedd hi mor eglur allan â phetai'n ddydd. Gwelai Alis wallt euraid Mrs Maciwan yn fflapio fel adenydd ar ei phen wrth iddi chwerthin, a'i gŵn sidan gwyrdd yn chwifio'n llac o gylch ei chluniau. Ymhen ysbaid caeodd Mrs North ei ffenestr a throes y pâr priod o gwmpas yr ardd. Galwodd Mrs Maciwan ar y ddwy gath wen, a'u cymell dan chwerthin. Gorweddodd un gath ar y lawnt gan droi drosodd a throsodd yn goegaidd yn y lloergan. Eisteddodd y gwrcath a gwyliodd hi. Yn sydyn neidiodd arni. Miawiodd y gath yn hir a dolefus a chwarddodd Mrs Maciwan. Clywai Alis ei stumog yn troi. Syrthiodd yn ôl ar y gwely. Yr oedd cyfog arni.

Rhedodd Lili i mewn.

'Ddylet ti ddim ceisio eistedd a drwg ar dy galon di. Fe wyddost yn dda.'

'Mi fyddaf yn iawn mewn munud.'

'Beth ddaeth drosot ti?'

'Wn i ddim. Wn i ddim. Dyna fe drosodd bellach.'

Gorweddodd yn welw ac annifyr.

'Gelli fynd yn awr.'

Trannoeth, a'i chwaer yn yr ardd, gwelodd Alis Mrs North a Mrs Maciwan yn croesi'r ffordd tuag ati; gwelodd y cyflwyno arferol, y cyfarch, y gwenu, y siarad cyflym, llawer o esbonio taer a rhyw ddeisyfiad amlwg a barai i'w chwaer bwyso ac ystyried. Gwelai Alis fod rhywbeth diddorol i'w ddisgwyl. Darllenai swildod ac ymofyn ar wyneb Mrs Maciwan, petruster ar enau ei chwaer. Ymhen ychydig daeth Lili i mewn ati gan adael y ddwy gymdoges yn yr ardd.

'Beth a feddyli di? Gaiff Mrs Maciwan gysgu yma heno?'

Edrychodd Alis yn gyffrous. Camddeallodd ei chwaer hynny.

'Os na fynni di, nid oes raid iddi ddod. Mi allaf ddweud nad wyt ti'n ddigon iach.'

'Yr ydwyf yn iawn. Gall ddyfod, wrth gwrs. Beth yw'r rheswm?'

'Mae Mr Maciwan i ffwrdd ar fusnes a hithau'n ofni bod ei hun yn y tŷ. Nid oes gan Mrs North le iddi chwaith. Mi gynigiais adael i un o'r morwynion fynd drosodd ati hi, ond byddai hynny'n anghyfleus hefyd, meddai.'

'Y mae'r ystafell yn barod. Gan fod gennym ni gymdogion bellach, rhaid inni fod yn garedig tuag atynt.'

'Dyna feddyliais innau. Gall ddyfod yma'r prynhawn tra byddaf i allan.'

'Ie, deued yn gynnar. Yr wyf i'n well ddigon heddiw.'

Pam y cyffrois i, meddyliodd Alis. Am fod arnaf eisiau ei gweld hi a hithau mor gwrs? Gwyliodd Mrs Maciwan yn rhedeg yn llawen yn ôl i'w thŷ. Pa fath dŷ a gadwai hi? Pam na fodlonai hi gael yr eneth yno gyda hi? Er pan ddaethi i'r stryd newydd i fyw ni bu neb yn ymweld â hi na neb yn siarad wrthi oddieithr ei gŵr a Mrs North a'r siopwyr ar eu troeon.

Pan ddaeth y prynhawn eisteddodd Mrs Maciwan gyferbyn â'r gwely wrth y ffenestr. Rhoesai amdani ŵn llac, du ac addurn ysgarlad ar ei ysgwydd. Ond sylwodd Alis fod marciau duon dan ewinedd ei bodiau ac ni hoffai'r sawyr trymaidd, pêr a ddygasai i'r ystafell. Eisteddai'n anesmwyth, megis petai'n dda ganddi fod yno ond yn amau pa argraff a roddai. Gweai waith gwlân â bysedd breision, anystywallt, a meddai dan ledwenu:

'Y mae'n rhaid imi baratoi dillad.'

'Pryd yr ydych chi'n ei ddisgwyl ef?'

'Pedwar mis eto.'

Rhoes y gwlân ar ei glin a bu'n llonydd ennyd. Yna troes yn ddiswta at Alis.

'Mae'n gas gen i'r babi yn awr cyn ei weld. Fyddaf i ddim byw, wyddoch chi.'

Chwarddodd Mrs Maciwan yn ddilywodraeth. Caeodd Alis ei llygaid mewn poen. Yr oedd y wraig gyda'i diffyg dygiad yn atgas ganddi, ac eto yn wyneb yr ing sydyn hwn yr oedd yn gywilyddus ganddi beidio ag ateb yn garedig. Agorodd ei llygaid yn araf.

'Ddylech chi ddim meddwl pethau fel yna, Mrs Maciwan, fe ddewch drwyddi'n iawn.'

'Faint a feddyliwch chi yw f'oed i?'

Nid oedd dianc rhagddi. Edrychodd Alis yn betrus ar ei thrwyn a'i gên blentynnaidd, ar farciau'r pensil oedd beth yn rhy drwm ar ei haeliau a'i gwefusau. Ni welai ddim i ddangos blynyddoedd oddieithr ychydig grychion o gylch y llygaid. Mae hi'n deirblwydd iau na mi, meddyliodd Alis, a dywedodd:

'Deuddeg ar hugain.'

Chwarddodd Mrs Maciwan yn fodlon a llechwraidd.

'Dyna mae fy ngŵr i'n ei feddwl hefyd, ond yr wyf i'n ddeunaw ar hugain.'

Dychmygodd Alis mai magl oedd yr ymddiddan. Daeth arni ofn

y wraig, ofn y peth a ddywedai nesaf. Yr oedd ei diffyg moes mor uniongyrch a threiddiol, a'i siarad yn debyg i dynnu cadachau oddi ar glwyf, gan arddangos i'r byd y crawn brwnt, drycsawr, noeth. Rhaid imi ddianc rhag hyn, meddyliodd Alis, ond yn ei braw fe gamgymerth y modd a mynd yn ddyfnach i'r fagl. Gofynnodd:

'Beth yw gwaith Mr Maciwan?'

'Busnes gemau a chlociau. Gan amlaf y mae'n helpu yn y siop, ond bydd yn teithio weithiau. I'r llongau y mae'n gweithio fynychaf, yn trwsio clociau a chwmpodau. Pan ddaw llong i mewn i harbwr gwell gan y capten gael yr un clochydd bob tro i gywiro'r cwmpodau, os nad yw'n rhy bell. I hynny yr aeth ef i Gaerdydd heddiw. Ond gwael yw'r busnes y misoedd hyn, a chas gen i gynilo o hyd a gwneud gwaith tŷ. O ran hynny, fyddaf i ddim. Byddaf yn ei adael nes bod Bob yn dyfod i mewn. Fe wna ef y cwbl imi.'

'Yn wir, y mae gennych ŵr caredig.'

Anadlodd Alis yn rhydd. Clywai ymbellhau'r perygl a'r siarad yn troi'n gyffredin a rhyddieithol.

'Pa ddiolch sydd iddo? Er ei fwyn ei hun y gwna ef y cwbl, fel y byddaf i'n ddel ac yn siriol i'w anwesu a rhoi fy nwylo amdano a'i dynnu ataf. Ni all ef fyw heb hynny. Dyna pam y mae mor hawdd ei gosbi.'

Edrychodd Alis drwy'r ffenestr a gwelodd y ddwy gath ar lawnt y tŷ dros y ffordd. Dechreuodd un chwarae ac ysboncio, ond ni fynnai'r llall a chododd yn araf gan gilio o'r golwg. Ymgreiniodd ei chymar ar ei hôl.

'Yr ydych wedi cau'r cathod allan?'

'Do, y pethau tlws. Mi rois ddigon o laeth iddynt mewn dysgl yn y cefn. Beth ddaw ohonynt tybed?'

'Pam?'

'Pan fyddaf i farw? Byddan nhw o leiaf yn fy ngholli. Mi ofalaf am hynny.'

'Pa raid i chi ddychmygu am farw? Meddyliwch am fyw, am y babi bach a gewch chi, am ei fagu a'i godi. Fe â'ch ofnau heibio felly.'

'Does arnaf i ddim ofn, Miss Evans.'

'Oes gennych chi neb i ofalu amdanoch chi? Rhywun yn perthyn i chi?'

Chwarddodd Mrs Maciwan yn chwerw.

'Fy nhad a'm chwaer, er enghraifft? Ni ddaw'r un ohonynt yma nes fy mod i'n gorff dan fy nghrwys.'

Yn sydyn agorodd y llifddorau. Gwelodd Monica Maciwan y cyfle y buasai'n hir ddyheu amdano, cyfle i arllwys atgofion, i egluro'r holl hanes, yn arbennig i'w chyfiawnhau ei hun. Hyd y dydd hwn ni chafodd hi neb erioed i'w deall, neb nas dirmygasai hi pe clywsai ei chyfrinach. Fe glywsai ar ei chalon rywsut nad un felly oedd y wraig hon ar y gwely, ond ei bod yn un o'r ychydig sydd o natur rhy foneddigaidd, rhy lednais, i gondemnio neb. Daliodd ar ei siawns. Byrlymodd o'i chalon brofiadau ac esgusodion cymysg gwir ac anwir. Siaradai'n frysiog megis pe na ddeuai iddi fyth eilwaith gyfle i'w hamddiffyn ei hun. Meddyliodd Alis wrth ei gwrando mai hen stori ydoedd, stori a ddywedasai ganwaith o'r blaen mewn unigedd wrthi ei hunan. Yn wir, wrthi ei hun y llefarai yn awr cyn y terfyn. Braidd nad anghofiodd am Alis, a gallodd honno orwedd yn ôl ar ei gobennydd a chau ei llygaid a gweld y cyfan fel y disgrifiai Mrs Maciwan ef.

Y siop go dlodaidd yng Nghaerdydd, y tŷ uwch ei phen, a'r fam yno'n hir ddihoeni mewn darfodedigaeth. Nid y claf yw unig anrhaith afiechyd. Rheibia weithiau gryfder yr ifanc, gan ei gipio ymaith oddi wrth hoywder bywyd a'i glymu wrth erchwyn gwely i weini mewn drycsawr a myllni ar ysglyfaeth angau. O'i ddal yn hir fel yna rhoddir marc arno, marc seithugrwydd a didoliad oddi wrth lawenydd. Bwriodd Monica flynyddoedd ei llencyndod fel aderyn yn curo ar farrau caets. Tincian poteli ffisig a ganai'r oriau iddi, a symudai canolbwynt ei bywyd o gysgod y gwely i olau claear y soffa ger y ffenestr lle y gorweddai ei mam pan fyddai heulwen. Am rai blynyddoedd buasai'n helpu'n achlysurol yn y siop, ond wedi i'w chwaer a oedd ddeng mlynedd yn iau na hi adael ysgol, rhoddwyd honno yn y siop gyda'i thad a throwyd hithau i'r llofftydd i ofalu am waith tŷ, am brydau bwyd, ac am y fam fethiannus. Ychydig a welai o'i thad. Wedi cau ei fusnes ei hun, âi ef i weithdy Iddew anllythrennog a werthai ddodrefn ail-law. Cadwai ei lyfrau iddo ac anfonai filiau allan. Trwy hynny fe ychwanegai ddigon at enillion prin y siop i dalu am ddoctoriaid ac i gludo moethau bwyd a llyn i'w wraig. Y ferch ieuengaf oedd ffefryn ei rhieni. Wedi iddi fwrw'r dydd ger y cownter, rhaid, meddent, iddi hi gael newid awyr, onid e fe ballai ei nerth, ac ni allent fforddio talu am help yn y siop. Felly, pan ddeuai hi i mewn i ystafell ei mam gyda'r hwyr, yn ei gwyn i gyd wedi iddi fod yn chwarae tennis, fe oleuai llygaid y claf. Sibrydai, 'Y mae Hannah fel haul i mi.' Tyfodd eiddigedd Monica yn gasineb, ac anaml y siaradai gyda'i chwaer. Dau hwyr neu dri yn yr wythnos cymerai Hannah ei lle yn yr ystafell wely, a phan ddychwelai Monica o'i siwrnai cyferchid hi â geiriau oedd fel gwenwyn iddi.

'Dyna fyd da sydd arnat ti yn tendio ar Mam fel yma.'

Buasai rhai pethau ym mywyd Monica na allai hi mo'u hegluro i neb, nac ychwaith i'r wraig hon ar y gwely a geisiai lenwi gwacter ei bywyd ei hun drwy gydymdeimlo â helbulon dynion eraill. Hyd yn oed iddi hi ni allai ond yn unig awgrymu'r iasau a gawsai ugain mlynedd yn ôl pan gamai dros riniog y siop a chau'r drws ac wynebu am deirawr orawenus ar strydoedd y ddinas. Gwell oedd ganddi fisoedd tywyll y gaeaf na'r haf. Yn yr haf fe ymledai'r gorwelion, ac ymddangosai heolydd hanner gweigion yr hwyrddydd yn llwybrau anghofiedig, trist. Nid oedd y dref y pryd hwnnw namyn rhan o olygfa ehangach a ymestynnai ym mhob cyfeiriad gan wasgar eneidiau yn llanastr ar hyd ei phellteroedd. Ond ar nos o aeaf fe ostyngid y nefoedd fel nad edrychai neb i fyny tua'r fagddu oedd goruwch lampau'r stryd. Gwesgid y gorwelion hwythau tuag at ei gilydd, gan osod ffiniau cynnes, agos-atoch i'r ddinas. Ni chrwydrai'r llygaid nac i fyny nac ar led, ond clymid sylw'r fforddolion ar ei gilydd ac ar y siopau a'r mynd a dyfod ger eu llaw. Yn y gaeaf yr oedd y wlad oddi amgylch a'r awyr uwchben wedi eu cau allan mewn tywyllwch, a holl belydr golau bywyd wedi eu cynghreiddio megis mewn cinema ar ddarlun byw, symudlon, cyfareddol strydoedd Caerdydd.

Pan oedd ganddi bres poced, pleser cyntaf Monica oedd mynd i dŷ bwyta. Yno yn yr haf gofynnai am hufen rhewi. Prydiau eraill ceisiai de Rwsia mewn gwydr gyda phlât o deisenni Ffrengig, bisgedi siocled a macarŵn. Eisteddai'n hir a gwynfydus yn eu profi, gan wrando ar ganu'r gerddorfa a gwylio'r cwsmeriaid yn symud o gwmpas y byrddau. Cenfigennai wrth y genethod a gerddai'n falch ddidaro ar freichiau cariadon. Sylwai ar ambell lanc eiddgar yn estyn y garden fwydydd i'w gydymaith, hithau'n ei chwilio'n hamddenol, yn ymgynghori ag ef, yna'n gorchymyn y pryd bwyd heb godi ei llygaid tuag at y forwyn a safai yn ei hymyl. Llenwid calon Monica gan edmygedd ac eiddigedd. Rhyw noson, meddyliai, deuai hogyn drwy'r drws ac edrych am eiliad o amgylch y byrddau, yna syrthiai ei lygaid arni hi, cyfarchai hi, eisteddai gyda hi, a rhoddai hithau, heb ond o fraidd dorri ar eu hymddiddan, archeb ddidaro i'r forwyn. Cythryblwyd hi gan ddwyster ei dychymyg a chododd ei the i'w yfed er mwyn cuddio'i hwyneb rhag bod neb yn sbio arni. Mwy nag unwaith yn wir fe geisiodd rhyw lanc neu arall amneidio'n ddirgel arni oddi wrth ddrws y caffe, ond y troeon hynny safai calon Monica yn ei gwddf gan angerdd dyhead, ni feiddiai edrych ar y bachgen rhag iddi weiddi, ac ymhen eiliad aethai'r cyfle heibio. Yna codai hithau yn brudd a chan dalu ei chownt âi allan i'r stryd.

'Am flynyddoedd mi fûm yn ddigwmni ac weithiau'n hiraethu am i rywun o'r cannoedd yn y strydoedd o'm cwmpas ddweud gair wrthyf.'

Dyna a ddywedai Monica wrth Alis, gan geisio cau o'i golwg bair berw ei hatgofion. Ni chrwydrasai'r heolydd yn ddigynllun. Hyd yn oed yn awr yn yr ystafell hon yr oedd map ei llwybrau gynt, pob tro, pob siop, pob lamp ar y ffordd, yn glir o flaen ei meddwl. Buasai ganddi ddyfais arbennig ynglŷn â lampau. Pan welai lanc a hoffai yn dyfod tuag ati, âi heibio iddo, croesai'r stryd yn ei gefn a throi'n fuan ar ei hôl; wedi iddi ennill canllath arno croesai a throi drachefn, a llwyddai i ddyfod wyneb yn wyneb ag ef eilwaith pan fyddai hi yn y cysgod yn union oddi tan y lamp a'r golau i gyd yn disgyn ar y bachgen a ddynesai. Felly gallai graffu'n fanwl arno heb iddo ef ei gweld hi'n glir. Weithiau cyferchid hi; llais yn sibrwd, 'nos da' neu 'aros, ferch fach'. Rhedai hithau heibio mewn dicter. Yr oedd arni arswyd rhag puteinwyr a phuteiniaid. Gwyddai ba rannau o'r dref oedd eu cyrchfan hwynt a chadwai oddi wrthynt. Ni freuddwydiodd o gwbl ei bod hi'n un ohonynt. Credai'n ddiysgog y digwyddai i ddyn ifanc bonheddig, un nad arferodd erioed gyfarch merched ar y stryd, rywdro, drwy etholedigaeth tynged, edrych arni hi a deall ei bod yn wahanol i ferched eraill, a bwrw drwy bob rheol er mwyn siarad wrthi. Y tro hwnnw byddai hithau'n barod ac fe adwaenai y llais. Er mwyn hynny y cerddai nos ar ôl nos. Llithrodd y nosau yn flynyddoedd ac ni chollodd obaith. Digwyddodd ar dro i'w chwaer ofyn a ddeuai allan gyda hi. Na, atebai Monica, y mae gennyf apwyntmant. Fe allai mai dyna'r noson y deuai Ef. Llyncodd disgwyliad ei hieuenctid hi. Yn fynych fe ymddengys y rhai sy'n byw mewn breuddwydion a gwyrdroad rhywiol yn iau lawer na'u hoed. Ar ei chweched pen blwydd ar hugain yr oedd ar Fonica olwg llances ugain mlwydd.

Un noson aethai allan yn hwyrach na'i harfer. Buasai ei mam yn waelach; galwyd y meddyg ati a rhoddwyd powltis ar chwarennau ei gwddf. Ebr y fam o'r diwedd:

'Gwell iti fynd i gael peth awyr agored. Fe ofala Hannah yn awr.'

Ar y gair prysurodd Monica o'r tŷ. Cyfeiriodd ei ffordd tua chanol y dref. Pe byddai farw ei mam, beth a wnâi hi wedyn? Daeth y syniad iddi y nos hon am y tro cyntaf erioed. Hyd yn hyn buasai gweini ar y wraig glaf, ffraeo gyda hi, dioddef ei dwrdio ganddi, y cwbl yn rhan o ffrâm ei bywyd. Yr oedd y beunyddioldeb diysgog hwn yn angenrheidiol iddi bellach fel ysgaffaldiau i'w dychmygion mewnblyg. Hebddo rhwygesid gwe frau ei breuddwydion. Daeth i'w meddwl, er nad oedd ganddi gariad tuag at ei rhieni, y byddai eu colli yn loes bigog iddi, ac fe'i cafodd ei hun i'w syndod yn dyheu am na byddai farw ei mam.

'Esgusodwch fi, onid eich maneg chi yw hon?'

Yr oedd gŵr ifanc yn codi o blygu wrth ei throed i gynnig maneg iddi. Ni welsai Monica ef yn dyfod tuag ati. Rhaid bod y meddyliau newydd hyn wedi ei drysu, onid e nis delid hi'n ddirybudd fel hyn. Dychlamodd ei chalon gan y sioc.

'Diolch i chi,' meddai'n floesg, 'wyddwn i ddim fy mod wedi ei gollwng hi.'

Estynnodd ei llaw i dderbyn y faneg. Gwelodd fod menig am ei dwylo.

'Ond nid fy maneg i yw hi. Edrychwch.'

Gorchfygodd ei phenbleth a gwenodd. Gwenodd y bachgen yntau:

'Mi dybiais yn sicr imi'ch gweld chi'n ei cholli hi. Ond erbyn sylwi, dyw hi ddim mor ddel â'ch menig chi. Maddeuwch i mi am imi'ch poeni.'

Cododd ei het gydag ystum un ar fedr mynd heibio iddi. Dychrynodd Monica a dywedodd yn sydyn:

'Pwy piau hi, tybed?'

Edrychodd y llanc ym myw ei llygaid.

'Ai mynd am dro yr ydych chi? A gaf i eich hebrwng?'

Amneidiodd ei chaniatâd a chychwynnodd wrth ei ochr. Aethant heibio i'r castell i gyfeiriad Canton, ei rhodfa gyffredin hi. Y tro hwn yr oedd y palmant fel tonnau môr dan ei thraed.

'Yr ydych wedi blino,' meddai'r bachgen gan gamfarnu ei brwysgedd.

'Ydwyf. Mae fy mam yn wael a bûm yn ei thendio drwy'r dydd.'

'Awn i mewn yma am awr. Mae pictiwr go smala i'w weld yma.'

Cododd docynnau. Dilynodd hithau lamp drydan y porthor hyd onid ymsuddodd hi yn un o seti plwsh y cinema. Yno, yn y cysgod a thorf anweledig o'i chylch, ceisiodd ei hadfeddiannu ei hun. Nid oedd eto wedi medru craffu ar ei chydymaith. Yr oedd niwl ei phensyfrdandod rhyngddi hi ac ef. Y cwbl a ddeallai oedd ei fod yn fyr a chorffog a thrwsiadus a bod ganddo acen gwrtais, arwydd bwysig yn ei barn snoblyd hi. Hyd yn oed yn awr yn yr hanner tywyllwch caredig, ni allai edrych arno, canys gwyddai ei fod ef yn pwyso'n ôl yn ei sedd i sbio arni hi. Ond pan dynnodd ef sigarét o flwch arian a tharo matsen i'w thanio, yna am eiliad, tra gogwyddai ei ben i gylch y fflam, gwelodd hithau wefusau tewion yn gweflo o gwmpas y sigarét, gên drom, a thrwyn a thalcen fel hanner cudyn yn syrthio oddi ar gorun fflat. Gallai fod yn un ar hugain oed.

Yr oedd yn rhywyr ganddi dorri ar angerdd y distawrwydd a fuasai rhyngddynt. Sibrydodd wrtho:

'Pictiwr da, onid e?'

Chwythodd yntau gwmwl o fwg tybaco i nos gynnes y neuadd. Estynnodd ei law a chymerth ei braich hi rhwng ei ddwylo. Rhoes ddau fys ar ei harddwrn goruwch ei maneg a phrofodd guriad ei phwls. Clywodd ef yn carlamu. Gollyngodd ei law a rhoes ei fraich o gylch ei gwasg gan ei thynnu hi'n agos ato yn y sedd. Gofynnodd:

'Beth yw d'enw di, y peth bach ofnus?'

'Monica Sheriff.'

'Beth yw dy oed di?'

'Faint feddyliech chi?'

'Ugain?'

'Ie.'

'Dyro imi gusan.'

'Na, ddim yma. Fe'n gwêl pawb ni.'

'Na wnânt, yr ydym yn y rhes gefn.'

'Peidiwch, peidiwch.'

Gwasgodd hi tuag ato. Troes hithau ei hwyneb a rhoddodd un pigiad aderyn ar ei wefl laith. Y funud wedyn goleuodd y neuadd. Pan dywyllodd eilwaith sibrydodd Monica:

'A gaf i'r faneg honno?'

'Cei. Dyma hi.'

'Ti dy hunan a'i thaflodd hi ar lawr, onid e?'

'Wrth gwrs.'

'Er mwyn cael fy adnabod i?'

'Er mwyn hyn.'

'Mi gadwaf i'r faneg tra byddaf i byw.'

Crechwenodd y llanc nes troi o'r bobl o'u cwmpas i rythu arnynt.

Aethant allan o'r cinema, i fyny Heol y Brifeglwys, a thua Chaeau Llandaf. Cerddodd Monica mewn breuddwyd pêr. Ychydig a siaradai, ond yn ei meddwl yr oedd eisoes yn dyfeisio sut i gyflwyno'r hogyn i'w rhieni ac yn llunio eu dyfodol ynghyd. Noson o hydref ydoedd a'r ffordd yn dywyll ac anghynefin iddi. Ni faliai ddim. Yr oedd dychmygion blynyddoedd yn ymgnawdoli.

'Eisteddwn yma am sbel,' ebr y llanc gan daenu ei got fawr ar y glaswellt. Ufuddhaodd Monica gan ei gosod ei hun wrth ei hymyl. Tynnodd yntau hi ar ei hyd ar y llawr ac mewn chwipyn yr oedd hi'n ymgodymu gydag ef am ei byw. Aeth yr ymdrech yn ormod iddi, ofnodd ei bod yn llewygu. Ysgrechiodd â'i holl nerth olaf.

Gollyngodd y llanc hi dan regi:

'Wyt ti am inni gael ein dal gan blismon?'

'Wyddwn i ddim mai un fel yna oeddit ti,' ebr hi rhwng ei higian dagrau.

'Os nad hynny oedd dy fwriad di, pam gythraul y daethost ti'r ffordd yma?'

'Yr oeddwn i'n meddwl ein bod ni'n gariadon, ein bod ni am briodi.'

Rhoes ei chydymaith fanllefau hir o grechwen. Cododd ar ei draed.

'Trefna dy ddillad.'

Ufuddhaodd Monica a'i dannedd yn rhynnu'n hyglyw.

'Paid â'th grio. Ni wnaf i ddim iti, y ffolog benwan. Tyred yn awr.'

Cerddodd ef gyda hi hyd at derfyn y tramiau. Talodd am ei

thram a gadawodd hi. Nid ynganodd Monica air na cheisio ei rwystro thag talu. Pallasai ei nerth yn llwyr. Yn unig cyn cyrraedd ohoni adref fe agorodd ei ffetan sidan, tynnodd ohoni faneg wen, fudr, a thaflodd hi i lawr twll traen yn y gwter. Yna aeth i'r tŷ.

'Monica, wyt ti am fynd allan?'

'Nac ydwyf, Mam.'

'Fe ofala Hannah amdanaf i.'

'Af i ddim allan, Mam.'

Cofiai Monica am lawer ymddiddan cyffelyb tra dywedai'n gelwyddog wrth Alis.

'Am y ddwy flynedd olaf y bu Mam yn wael, prin iawn yr euthum i allan o gwbl.'

Am rai nosweithiau ar ôl yr ymgiprys yn Llandaf ceisiasai ailgychwyn ar ei hen lwybrau, ond nid oedd ei cham mor esgud â chynt. Er mawr ofid iddi, ni allai feiddio mynd i gaffe, canys pe trawai arno ef yno, pa fodd y dihangai rhagddo? Un hwyrddydd yr oedd yn loetran heibio i siop James Howell yn Heol Fair pan glybu ryw ddau yn sgwrsio'n uchel y tu ôl iddi. Adnabu lais yn dweud:

'Sylla ar y faeden hon. Mae hi'n cerdded strydoedd y dref yn chwilio am ŵr i'w phriodi. Mi geisiais i drugarhau wrthi . . .'

Nid arhosodd Monica i glywed ychwaneg. Rhedodd ar flaenau'i thraed i lawr Stryd Wharton a dau chwerthiniad cwrs yn erlid fel bytheuaid ar ei hôl. Byth oddi ar hynny bu arni arswyd y dref. Pan oedd raid iddi fynd am neges dewisai'r strydoedd cefn a'r siopau distadlaf.

Ni bu'r ddwy flynedd wedyn yn gwbl drist. Clafychai ei mam yn gyflym fel na allai mwyach symud o'r gwely. Bu ei hystafell yn ddinas noddfa i'w merch. Ni ddywedai'r un o'r ddwy ei chalon wrth y llall, ond tyfodd rhyngddynt cyn y terfyn fath o gyd-ddeall a chydymdeimlo mud. Ni lawenhâi y fam o edrych ar Fonica fel y gwnâi pan ddeuai Hannah ati. Ond yn nyfnder ei hymwybod fe glywai led-sibrwd mai ei hafiechyd ei hun a achosodd ran o leiaf o glwyf ysbryd ei merch hynaf, ac felly rhoddai tosturio wrth Fonica yr un diddanwch moethus iddi ag a gâi drwy dosturio wrthi ei hunan. Cawsant ambell hanner awr ddifyr gyda'i gilydd tra darllenai Monica gyfran y dydd o nofel y *Daily Mail* i'w mam. Prydiau eraill eisteddai'r ferch ger y ffenestr a disgrifiai'r bobl a welai'n tramwy i mewn ac allan o'r siop. Caent hwyl yn dyfalu eu negesau, yna galwent ar Hannah neu'i thad i gywiro'r dyfaliadau. Bu Monica yn nyrs dda y misoedd hyn. Cyflawnai ei gorchwylion â dwylo anghrynedig, hamddenol a esmwythâi boen. Yr oedd ei meddwl yn llawn pethau eraill, ac felly ni ddychrynai mewn creisis a gweinyddai yn bwyllog a dibryder. Deallai ei mam hynny ac ni ddigiai.

Unwaith, ryw dair wythnos cyn ei marw, ceisiodd Mrs Sheriff gael gan Fonica ddweud ei chyfrinach wrthi. Gwelsai hi yn eistedd wrth y ffenestr, y papur newydd ar ei glin a'r stori wedi dyfod i ben y dydd hwnnw. Peidiasai Monica â'r darllen ac ar ôl y frawddeg olaf syllodd am funudau lawer ar y stryd islaw. Galwodd ei mam hi at y gwely.

'Paid â chychwyn y stori newydd yfory.'

'O'r gorau, Mam.'

'Mi fyddaf yn ofni amdanat ti, 'ngeneth i. Mae gan dy dad ei fusnes, ac fe brioda Hannah. Y mae hi'n ifanc ac wedi ei gwneud i fod yn ddedwydd.'

'Oni allaf innau fod yn ddedwydd?'

Ysgydwodd y fam ei phen yn hir. Yna dywedodd:

'Fe gefaist drwbl gyda llanc ryw ddwy flynedd yn ôl?'

Gwelwodd Monica.

'Sut y gwyddoch chi?'

'Mi wn. Dywed i mi dy boen. Yr wyf i'n mynd i farw yn awr. Bydd dy gyfrinach yn ddiogel.'

'Does gen i ddim i'w ddweud.'

Ond cusanodd ei mam y tro cyntaf ers blynyddoedd ac aeth i baratoi te. Mis wedi hynny yr oedd y gwely yn wag, a'r poteli ffisig, a fuasai ar y bwrdd er pan gofiai, wedi diflannu o'r ystafell.

Yr Ail Bennod

'Ni wnaeth marwolaeth Mam gymaint â hynny o wahaniaeth imi,' ebr Monica wrth Alis. 'Aethom yn ein blaenau fel cynt, fy nhad a Hannah yn y siop, minnau yn y tŷ. Yr oedd y busnes yn gwella.'

Cadwodd hi i wisgo du am flwyddyn yn hwy na'i chwaer. Enillodd felly hyder i fynd allan i'r strydoedd ar ei phen ei hun eto. Syniai fod gwisg galar fel llen gêl amdani. Ni ddilynai mwyach ei chynllwynion llances. Y cwbl a arhosai o'i hen arferion oedd ei chwilfrydedd. Tyfasai'n ddeheuig mewn adnabod cymeriadau gweinion. Syllai ar y gwŷr tawel, bonheddig eu hymddygiad, a guddiai gnawdolrwydd dan fantell swildod. Dychmygai hithau driciau i'w dinoethi. Arswydai wedyn rhag ei meddyliau a bwriai hwynt oddi wrthi. Cysgai'n aflonydd y nos.

Chwech ar gloch oedd awr de y teulu'n gyffredin. Tua phedwar un prynhawn Mercher, sef diwrnod cau'r siopau, dychwelai Monica o ymweld â hen gyfaill ysgol iddi. Esgynnodd y grisiau'n hamddenol, agorodd ddrws y parlwr. Safodd yn stond. Gwelodd de prynhawn wedi ei osod ar fwrdd bychan ger y tân, a'i thad a'i chwaer yn eistedd o'i gylch gyda gŵr ifanc dieithr. Yr oedd y tri'n chwerthin a'u cefnau ati ac ni syflasant pan agorodd y drws. A allai hi ddianc yn ei hôl? Ond tra neidiai'r syniad i'w hymwybod, eisoes yn ei syfrdandod caeasai'r drws. Cododd y dieithryn ar ei draed.

'Monica,' ebr Hannah, 'dyma Bob Maciwan, fy ngŵr darpar i.'

Rhywsut, medrodd estyn ei llaw iddo.

'Eistedd yma,' meddai ei thad gan gyfeirio at gadair.

Prynhawn yn yr hydref ydoedd a golau dydd eisoes yn cilio'n garedig oddi wrth y tân at lain bychan ger y ffenestr. Tywalltodd Monica de i gwpan. Gwysiodd holl nerth ei hewyllys i'w dywallt yn union heb daflu dim dros yr ymyl. Ni feddiannodd hi eto eiriau ei chwaer. Digon am y tro oedd ceisio meistroli'r ffaith ei bod hi'n eistedd yn ei pharlwr ei hun gyferbyn â dieithryn. Ni bu gŵr ifanc yno erioed o'r blaen. Ar y stryd, mewn caffe, y tu allan, yno'n unig yr arferasai hi leoli'r cyfryw un. Dyfod ar ei draws ef yma yn ei chartref yn chwerthin gyda'i thad, yr oedd hynny megis pe delid gwyliwr mewn caer yn annisgwyl a diarfau gan elyn. Cymerth Monica friwsionyn o deisen rhwng pedwar dant. Er bod ei gwddf yn sych gan fraw, ni feiddiodd godi ei chwpan i'w min.

Ymdrechodd ei thad barhau'r ymddiddan yn yr un cywair â chynt, ond fel y bydd carreg a deflir i lyn yn taenu ei chynnwrf dros y dŵr cyfan, felly yr ymledodd mudandod crynedig Monica drwy'r ystafell.

Neidiodd Hannah o'i chadair.

'Dyro fatsen imi, Bob, mi oleuaf.'

'Na, paid â goleuo.'

Tybiodd Monica iddi sgrechian ei hateb, ond nis clywodd Hannah hi. Goleuodd y lamp. Tynnodd gortyn wrth gongl y ffenestr oni ddisgynnodd y bleind Fenis gyda thrwst i'r gwaelod. Edrychodd Monica ar gefn cymesur ei chwaer, ei hysgwyddau llydain, sioncrwydd athletig ei hosgo. Eisteddodd Hannah o flaen y piano a dechreuodd ganu ffocstrot boblogaidd. Triniodd y piano mor dyner ag organ faril a galwodd:

'Bob, tyrd yma i droi'r dail imi. Taniwch eich pib, Dadi.'

Gyda'r gorchymyn ailgasglodd Hannah fywyd yr ystafell o'i chwmpas ei hun, a gorffennodd ei miwsig metelaidd ddifodiant ei chwaer.

Yn sydyn daeth ar Fonica ei harswyd hi. Meddyliodd yn syn: wrth gwrs, y mae hithau mewn llawn oed priodi. Ni fentrodd edrych ar y gŵr ifanc a blygai dros y piano mewn addoliad.

O'r diwedd trawodd Mr Sheriff ei bibell yn erbyn y pentan.

'Rhaid i mi fynd at fy Iddew.'

'Fe ddeuwn ninnau i'ch danfon,' atebodd Hannah. Ac ymhen tri munud o symud cadeiriau a gwisgo hetiau a chotiau a chanu'n iach, safodd Monica ei hunan ar ganol y llawr. Safodd yn llonydd a'i llygaid ynghau a'i meddwl yn ymbalfalu'n ôl i afael yn y cwbl a ddigwyddasai o'r foment yr agorodd hi'r drws. Megis un wedi cysgu am sbel fer ac wedi breuddwydio, ond gyda sioc y deffro wedi colli'r freuddwyd, felly'n ofer y ceisiodd hithau gydio yn yr ugain munud hynny. Er gwasgu ei llygaid yn grychion ni welai hi ddim oddieithr delw ei chwaer – yr oedd y llall yn llwyr yn ei chysgod hi. Daeth cnoc ar y drws. Agorodd Monica ei llygaid a gwelodd Bob Maciwan yn eglur o'i blaen.

'Esgusodwch fi, gadawodd Hannah ei ffwr ar ei hôl. A welsoch chi ef?'

'Dacw fe ar y gadair.'

Cipiodd y ffwr mor sydyn â phe buasai'n gwningen ar fin dianc, a symudodd flaenau ei fysedd drosto mewn ystum anwes. Gwenodd yn od ar Fonica.

'Pethau neis yw gwisgoedd merched.'

Cyn iddi lunio ateb fe ychwanegodd:

'Fu gen i erioed chwaer. Bydd cael chwaer mor rhyfedd i mi â chael gwraig.'

Chwarddodd yn ddisymwth.

'A gaf i ddechrau'n awr drwy'ch galw chi'n Monica?'

'Cewch, debyg, Bob.'

Chwarddodd eilwaith.

'Diolch i chi. Gwell imi redeg yn awr at Hannah. Nos da, Monica. Mae gennych chi enw del.'

'Duw a ŵyr na wneuthum i ddim erioed i'w ddenu oddi wrth Hannah,' ebr Monica yn daer wrth Alis yn nhawelwch yr ystafell wely. 'Wyddwn i ddim am ei fod ef cyn agor y drws y prynhawn hwnnw. Ni ddywedodd na'm tad na'm chwaer air o'r hanes wrthyf i. Triniwyd fi fel pe buaswn yn forwyn yn y teulu. Dywedodd Bob wrthyf na chynigiodd Hannah erioed yngan gair wrtho ef amdanaf. Ni hoffai yntau ei holi hi. Na chyn iddo fy ngweld na chwedyn ni bu fy enw i ar ei genau hi erioed. Ac er hynny y mae ef yn dal mai'r adeg y daeth ef yn ôl am y ffwr y collodd ef ei galon imi. Yr oeddwn i mor llonydd a hudolus, meddai ef.'

Gwir ydoedd iddi fod yn llonydd, mor llonydd fel na ddiflanasai ei gwên, a ledasid ar ei min gan eiriau'r llanc, am ysbaid hir wedi ei fynd ef allan. Ni symudodd hi fys na throed, ond mor araf â niwl fe gaeodd ei gwefusau ar ei dannedd. Na, ni bu hi'n euog y funud honno beth bynnag o gynllunio brad ei chwaer. Ni ddaeth na bwriad na syniad pendant o gwbl i'w meddwl. Yn unig fe gododd darlun o flaen ei ffansi, darlun o Bob Maciwan a'r ffwr rhwng ei fysedd yn cau'r drws, yn mynd i lawr y grisiau, heibio i'r siop at ddrws preifat y tŷ, allan i'r stryd, ac yno'n lledu'r ffwr a'i osod yn falch-drafferthus ar ysgwyddau'r ferch oedd yn ei aros. Ond pan sbiodd Monica ar wyneb y ferch, gwelodd nad Hannah ydoedd, eithr hyhi ei hunan.

Ym mhresenoldeb Hannah nid edrychai Bob Maciwan ar Fonica. Llefarai'n gwrtais wrthi megis wrth ddieithryn. Llawenhâi hynny ei chalon hi. Dysgodd beth oedd ei wendid ef ac yng ngŵydd ei chwaer byddai'n drugarog wrtho. Ond os ymddiddanai ef gyda'i thad ar dro, digon oedd iddi fynd hi heibio i'w gadair a pheri i odre ei llawes gyffwrdd megis ar ddamwain â'i war a'i sawyr hi gyrraedd ei ffroenau, fel y canfyddai hi yr anesmwythdra a berid ynddo. Bodlonid hi. Gofalai beidio ag aros mewn ystafell gydag ef yn unig.

Felly heb air o gyfrinach tyfodd rhyngddynt ryw gyd-ddeall cyfrin. Datguddiwyd iddo ef ei hanlladrwydd cuddiedig hi. Profodd hithau mor ddiamddiffyn oedd ef. Dibynnent ar ei gilydd; ni ddywedai ef air i'w bradychu hi, rhoddai hithau lonydd llwyr iddo ef gyda Hannah. Diflannodd anghysur rhyngddynt. Teimlodd y lleill oddi wrth effaith hynny a daeth ei thad a'i chwaer yn agosach at Fonica.

'Beth ddaeth drosot ti,' ebe Mr Sheriff wrthi un bore tua diwedd Tachwedd, 'mae golwg fel llances arnat ti eto.'

Yr oedd y Nadolig yn agosáu. Pob hwyrddydd deuai Bob Maciwan atynt a gosododd ef a Hannah gelyn ac uchelwydd a llusernau papur i chwalu llwydni a thywyllwch y tŷ. Er gwaethaf amheuon ei thad, llogodd Hannah ferch dros y tymor yn y siop, ychwanegodd yn hael at y stoc arferol o nwyddau moeth, addurnodd y ffenestr, a throes ei hantur yn elw. Meddai ei thad:

'Yr wyt ti'n paratoi i'm gadael i yn union yr adeg y daethost ti'n feistres ar y busnes. Dyma'r Nadolig cyntaf inni fod ar ein hennill.'

Prynodd Mr Sheriff gostrel o win Oporto i'r cinio Nadolig a gwahoddwyd Bob Maciwan.

'Fy syniad i,' meddai'r tad wrth y bwrdd cinio, 'yw i ti a Bob beidio ag aros dwy flynedd nes medru fforddio tŷ, ond priodi yn y gwanwyn a dyfod yma i fyw, tithau i barhau yn y siop a Monica i gael morwyn i'w helpu. Fe wnawn gytundeb ariannol teg â'n gilydd.'

Yfwyd i lwyddiant y dyfodol a disgleiriodd llygaid y cariadon tra cydgodent eu gwydrau. Ar ôl cinio ni allai Monica oddef yn hwy lewych eu hwynebau. Aeth i'w llofft a oedd ar yr un llawr â'r parlwr.

'Yr wyf yn mynd i orffwys,' ebr hi.

Diosgodd ei dillad uchaf a dododd ei gŵn llofft o sidan pinc a phlu alarch amdani. Safodd gerbron y drych gan syllu ar ei llun.

Codasai'r gwin ysmotiau sgarlad ar gnawd ei thalcen ac ar ei gruddiau. Gwelodd fod ei genau ar led, a blaen ei thafod yn gorffwys ar ei gwefus megis petai syched arni. Ond ni cheisiodd yn ôl ei harfer gyfansoddi ei gweddi. Yn hytrach, gwrandawodd. Clywodd agor drws y parlwr a deuddyn yn chwerthin-sibrwd ar ben y grisiau. Brysia, sisialodd Hannah, dan yr uchelwydd, a chlustfeiniodd Monica ar sŵn y cusanu. Prin y sylwodd hi ddarfod i'w min hithau ymlunio gyda'r sŵn. Rhedodd Hannah i fyny'r grisiau nesaf i'w llofft ei hun gan weiddi; tri munud imi wisgo, aros fan yna amdanaf. Ar y gair cymerth Monica liain ac ysbwng yn ei llaw megis un yn mynd i'r ystafell ymolchi. Agorodd ei drws ac aeth allan i'r landing. Cipiodd Bob Maciwan hi dan yr uchelwydd a thynnodd hi ato i'w chusanu. Yn ddisymwth teimlodd ddwy wefus yn gwthio'i wefusau yntau'n agored a thafod yn llyfu oddi tan ei dafod ei hun. Fel dyn a gafodd ergyd sydyn gollyngodd ef ei afael yn y ferch a llithrodd hithau'n ei hôl i'w hystafell. Ni buasai un gair rhyngddynt.

'Ar brynhawn Nadolig dan yr uchelwydd y darfu inni gusanu'n gilydd gyntaf,' meddai Monica wrth Alis. 'Yr oedd hynny mewn chwarae fel y bydd pethau felly'r Nadolig. Prin y credaf i fod Bob wedi meddwl amdano o flaen llaw. Fy syniad i yw na wyddai ef ddim eto nad oedd ef yn caru Hannah. Ond nid cariad oedd ganddo tuag ati, eithr balchder oblegid iddo lwyddo i'w hennill hi.'

'Beth oedd teimlad eich chwaer?'

Cododd Mrs Maciwan ei hysgwyddau mewn ystum o anneall.

'Ni fedrais i erioed ddarllen yng nghalon Hannah. Yr oedd hi fel cloch i mi, yr un tinc balch bob amser. Gan Bob, ar ôl hynny, yn unig y cefais i ei hanes hi.'

Ond am wythnos wedi'r prynhawn hwnnw ni ddaeth Bob i'r tŷ. Clywid ef yn canu'n iach i Hannah ar yr hiniog.

'Pam na ddaw ef i mewn?' gofynnodd Mr Sheriff.

'Beth a wn i?' atebodd Hannah. Ychwanegodd yn gynnil gan dybio nas clywid hi gan ei chwaer:

'Ein trwbl ni yw bod Bob yn sentimental a minnau fel arall.'

Mygodd Monica ochenaid lawen. Felly, meddyliodd, y mae ef yn cadw draw oblegid bod arno ofn bod yn anffyddlon iddi, a hithau'n digio oherwydd ceisio ohono fy nghusan i ganddi hi. Pan ddaeth ef i swper o'r diwedd, nos calan, cadwodd Monica i'w hystafell dan esgus cur yn ei phen. Crynodd ei gliniau pan glywodd hi ei gam ef ar y landing.

Trwy gydol y pythefnos nesaf bu yn ei disgyblu ei hun i wynebu'r anocheladwy. Wedi'r cwbl, yr oedd y peth mawr hwn i ddigwydd iddi. Syllai weithiau am funudau hirion ar ddarlun ei mam, a gwenu a murmur; fe gei di weld, cei weld. Pan godai ei thraed i'r gwely myfyriai, pa sawl gwaith y gorweddaf i yma eto? Disgynnai cysgod y peth oedd yn dyfod ar bob dim a wnâi, gan roi angerdd i ddyletswyddau mor feunyddiol â sgubo stafell neu blygu llieiniau. Craffai'n ddwys ar bob llofft wrth iddi eu taclu; rhaid imi gofio lle'r oedd y cwpwrdd cornel yna a'r llun hwn ohonof yn blentyn. Ymguddiodd yn ei disgwyliad megis mewn mantell. Mewn wythnos fer syrthiasai'n ôl i ddull meddwl ei llencyndod. Ymbellhaodd mewn mudandod oddi wrth ei theulu. (Yn pwdu eto fel arfer, meddai Mr Sheriff.) Ni chynlluniodd ddim. Nid oedd ganddi amcan sut y digwyddai'r peth. Ond bachwyd a llyncwyd ei meddwl gan y sicrwydd y byddai'n rhaid *wedyn* iddi hi ac yntau fynd allan o'r tŷ a chefnu ar ei chynefin. Ei thynged ydoedd, nid ei bwriad. Oherwydd yr hirymaros hwn yn ei natur, ei gallu i lithro'n ddigynllun ar lethr chwant, medrodd ei hargyhoeddi ei hun ei bod hi'n ddiniwed tuag at ei chwaer. Nid ei bai hi ydoedd fod hyn i ddigwydd; fel yna yr oedd natur pethau. Deallai er hynny y deuai munud y byddai raid iddi hithau weithredu a'i rhoi ei hunan yn offeryn cyflym, cymwys a llwyr i'w thynged. Codai hynny iasau crynedig drwyddi. Nid amheuodd ei gallu na'i pharodrwydd greddfol. Ond costiodd iddi'n ddrud, a throes ei thawelwch yn y tŷ yn beth byw, gelynol, a barodd fod ei chwaer a'i thad, er na ddeallent yr achos, yn llawn anesmwythder hefyd.

Un bore aeth Mr Sherrif i'r stafell ymolchi a chlywodd Monica ei siswrn ef yn torri ei farf o flaen y drych. Yr oedd brys arno.

Munud ar ei ôl daeth Hannah i lawr i gymryd ei bath oer – hi yn unig ohonynt a gymerai fath oer beunydd drwy'r flwyddyn. Nid cynt y gwelodd hi'r gwalltiau byrion wedi eu gadael ar ymylon y basn nag y rhedodd hi at ddrws ei thad a churo'n stormus arno â'i dwrn.

'Nhad, mae'ch gwallt chi yn maeddu'r basn i gyd. Fedra i ddim 'molchi yno. Mae'n ffiaidd.'

Peth anhygoel oedd fod Hannah yn dwrdio'i thad. Daeth ar

Fonica gywilydd sydyn a thosturi. Rhedodd o flaen ei thad i'r stafell ymolchi, troes y tap a glanhaodd y basn. Pan gyrhaeddodd yntau yno, dywedodd Monica:

'Na hidiwch, yr ydw' i wedi ei olchi. Peidiwich â sylwi ar dymer ddrwg Hannah. Y mae hi'n cael gofid gyda Bob.'

Edrychodd Mr Sheriff yn hurt. Yr oedd ei thynerwch hi yn odiach na thymestl Hannah. Meddyliodd wrth iddo ddychwelyd i'w lofft, beth a ŵyr hi am Bob?

Gwir a ddywedodd Monica. Y nos calan y daeth Bob Maciwan i'r tŷ ysgafnhaodd ei ysbryd pan na ddaeth hi i'r swper. Wedi ei sicrhau na welai ef hi, troes yntau'n rhyddach a mwy naturiol. Diflannodd ei ddrwgdybiaeth a chyn ymadael addawodd ddychwelyd y nos ganlynol.

'Pam na thynni di'r celyn acw i lawr bellach?' gofynnodd ef ar y landing. Nid celyn oedd yno, eithr uchelwydd yn unig. Y nos wedyn, a Monica yn parhau o'r golwg, ailymaflodd ei anghysur ynddo.

Hiraethai yn awr am ei gweld, fel y gallent edrych ar ei gilydd a siarad a chyfrin-awgrymu yn ôl eu harfer fod popeth yn dda fel o'r blaen. Ni byddai ef yn gwbl esmwyth na diogel onis gwelai hi. Pob tro yr agorid y drws codai ei lygaid yn eiddgar-betrus i'w hwynebu, eithr nid oedd yno ond Hannah neu Mr Sheriff. Paham na ddôi hi? Dechreuai ei angen am ei gweld afael ynddo. Ei gweld hi ac ailgychwyn ar delerau normal gyda hi, hynny'n unig a ddileai atgof gwenwynig y cusanu. Fe'i cafodd ei hun yn gofidio na allai Hannah gusanu'n debyg.

Trannoeth daeth Bob i'r tŷ hanner awr cyn amser cau'r siop, a chael esgus felly i fynd i'r parlwr i aros. Bu yno ei hunan am ugain munud. Yr oedd pryd bwyd wedi ei osod ar y bwrdd. Dwywaith agorodd Bob y drws. Tybed ai i lawr yn y gegin yr oedd hi neu yn ei lofft gerllaw iddo? Bu ar fin mynd i guro yno. Ni chlywai sŵn o gwbl oddieithr yn y siop. O'r diwedd daeth Hannah ato a dechrau trefnu'r bwyd. Safai ef ger y tân gan gnoi ei ewinedd a phoeri'r darnau ewin i'r grât. Mor ddifater ag y medrodd gofynnodd:

'Lle mae dy chwaer?'

'Aeth allan drwy'r cefn chwarter awr yn ôl.'

Yr oedd Hannah yn flinedig ac yn ddig oherwydd dyfod ohono cyn iddi gael amser i ymdaclu.

'Pam y daethost ti cyn pryd? Fe wyddost nad wyf i ddim yn rhydd cyn saith.'

'Os ydw i ar y ffordd, mi allaf fynd . . .'

'Fel y mynni di.'

Ond daeth Mr Sheriff i mewn ac eisteddasant wrth y bwrdd.

Y dyddiau hyn ni allai Hannah oddef iddo ei chofleidio. Pan aent allan a cheisio ohono gymryd ei baich ymysgydwai hithau allan o'i afael.

'Beth sydd arnat ti?'

'Gwell gen i gerdded fy hunan.'

Pan gusanent wrth ffarwelio trôi hithau ei grudd ato, ni allai ddal ei wefusau ar ei min. Un noson y buasent yn y theatr gyda'i gilydd rhoes hi ei hallwedd fel arfer iddo agor y drws iddi, yna a'i throed ar yr hiniog, dywedodd:

'Yr oedd hi'n braf heno, Bob. Peidiwn â sbwylio'r cwbl drwy gusanu. Nos da.'

Caeodd y drws ar ei hôl.

Troes Bob Maciwan tuag adref. Rhaid imi weld Monica, ebr ef drosodd a throsodd wrtho'i hun. Ond imi ei gweld hi a siarad am dri munud fe ddaw popeth yn iawn eto. Fedra' i ddim dal hyn yn hwy. Yr olwg ar wyneb Hannah wrth y drws. Fy nghariad i. Pam yr ofna hi fy nghusanu i? Fedra'i ddim edrych arni hi'n gofidio. Pe gwelwn i Fonica a dweud nad oedd dim yn y peth . . . Rhaid imi ei gweld hi . . .

Yr oedd un llaw ar lidiart ei lety a'r llall yn chwilio mewn poced am allwedd. Ond caeodd y llidiart yn sydyn, ail-fotymodd ei gôt a dechreuodd gamu'n frysiog yn ei ôl. Cerddai wers a rhedai dro. Yr oedd ei feddwl yn glir yn awr. Gwelai'n eglur lun o'r tŷ: y siop ar y stryd, y parlwr yn union uwch ei phen a llofft Mr Sheriff yn nesaf ato uwchben drws preifat y tŷ, llofft Hannah ar y llawr uchaf dan y bargod. Monica yn unig a gysgai yn y cefn, ar y llawr cyntaf goruwch y gegin. Yr oedd lôn gul rhwng muriau uchel iardiau'r tai yn agor ar ddrws y cefn. Yr entri y galwyd hi. Tuag yno y cyrchai Bob Maciwan dan redeg, a thra rhedai torrai ar ei gam yn awr ac eilwaith gan blygu yn y gwter i godi carreg a'i rhoi yn ei boced. O'r diwedd wele'r stryd a fwriadai. Nid oedd golau yn y parlwr nac yn llofft Mr Sheriff, ond dan y bargod gwelai olau glas llen ffenestr

Hannah ac o dro i'w gilydd safodd ei chysgod hi ei hunan ar y llen. Yr oedd hi'n mynd i'w gwely. Rhifodd Bob Maciwan y siopau a'r tai hyd at ben y stryd, troes wedyn i'r dde nes y daeth at yr entri a rhifodd y drysau cefn yn ôl hyd at bymtheg. Wele'r tŷ. Yr oedd brys arno weithian a gwylltineb. Edrychodd tua'r dde a'r chwith. Nid oedd neb yno. Taniodd fatsen a sbiodd ar ei oriawr. Yr oedd hi'n chwarter i ganol nos. Botymodd ei gôt a neidiodd. Gafaelodd ei fysedd yn y mur uwchben drws yr iard, tynnodd ei draed i fyny oddi tano a chafodd gwadn ei esgid orffwys ar fys y gliced. Munud wedyn fe safodd yn ei gwrcwd ar ben y mur.

Yr oedd golau yn ystafell Monica. Craffodd Bob o'i gwmpas a chlywodd y glaw yn dechrau bwrw. Mor dywyll oedd y nos fel na welai ef fwy yn yr iard oddi tano na phetai'n bydew dwfn. Barnodd fod ugain llath rhyngddo a'r ffenestr olau. Eisteddodd ar y mur, cymerth garreg o'i boced a thaflodd hi'n ofalus at y ffenestr. Syrthiodd y garreg ar ryw focs pren. Taflodd ail. Trawodd honno ffenestr y gegin a disgynnodd yn drystiog i'r llawr. Arhosodd Bob gan ddisgwyl, a'i wynt yn ei ddwrn. Nid oedd nac ateb na sŵn. O'r fan yr eisteddai ni allai daflu'n ddiogel. Ni feiddiai ychwaith weiddi. Un peth yn unig amdani. Casglodd odreon ei gôt fawr i'w law a rhoes naid i'r iard. Wrth iddo ddisgyn trawodd glawr y bin lludw haearn oni chwympodd gyda thwrw dirfawr i'r palmant. Dechreuodd ci y tŷ nesaf gyfarth yn llidiog. Clywodd ddrws yn agor a lleisiau'n galw, gwelodd lamp yn symud heibio i ryw ffenestr. Daeth ofn arno. Ymbalfalodd am gliced drws yr iard. Ond barieisid hwnnw ac ni allai roi ei law ar y bar. Clywodd Mr Sheriff yn gweiddi a rhywun yn agor i'r ci drws nesaf. Rhedodd hwnnw i'r iard gan gyfarth. Ceisiodd Bob neidio'n ôl i ben y mur, ond methodd ei afael a syrthiodd. Cyn iddo godi teimlodd law yn cydio yn ei fraich. Tynnodd Monica ef at y drws, treiglodd y bar a gwthiodd ef allan:

'Rhed i'r dde, y mae tro yn yr entri yno.'

Heb aros ennyd dihangodd y llanc a throes hithau i wynebu lamp ei thad. Yn unig wrth iddo dynnu ei ddillad oddi amdano yn agos i ddau o'r gloch y bore y sylwodd Bob Maciwan ei fod yn wlyb i'r croen.

'Y nos Lun honno mi wyddwn nad oedd pethau ddim yn iawn rhyngddynt,' meddai Monica wedi iddi orffen ei chwpan de.

'Gwelais Hannah ar y grisiau ar ôl iddi ffarwelio â Bob. Yr oedd hi'n crio. Rhedodd heibio imi a chaeodd ei drws yn glep. Mewn tymer ddrwg oblegid i mi ei dal hi'n wylo. Ni allwn innau fynd i'r gwely. Bûm ar y landing ddwywaith yn gwrando. Yno yr oeddwn i pan glywais rywun yn y cefn. Wn i ddim sut yr oeddwn i mor sicr mai Bob ydoedd. Euthum i lawr i'r gegin a phan oeddwn yno trawodd carreg ar y ffenestr. Yr oeddwn innau'n petruso a awn i ato neu beidio. Munud wedi hynny dyma sŵn ei gwymp dros y tŷ. Cododd fy nhad. Gwaeddodd arnaf a gofyn ai myfi a wnaeth y sŵn. Clywn ef yn golau lamp a phrin iawn y cefais gyfle i redeg at Bob ac agor iddo ddianc.

'Peth naturiol wedi hynny oedd iddo sgrifennu ataf. Bore dydd Mercher y daeth ei lythyr, nodyn byr yn gofyn a ddeuwn i'w gyfarfod wrth lyfrgell y dref erbyn canol dydd. Dywedodd na chadwai mohonof fwy na phum munud ond bod y mater yn bwysig iddo ef. Euthum i ddim yno. Meddyliais nad oedd hynny yn deg â Hannah. Erbyn hyn mi wyddwn mai'n unig lle yr oedd hi ei hun yn dyst yr oedd yn rhaid inni gyfarfod, ac nid oedd gennyf hawl i fynd ato y tu ôl i'w chefn hi. Nid oedd fodd imi wybod y pryd hynny ei fod ef eisoes mewn gwirionedd yn ŵr rhydd, ac mai'n union ar ôl derbyn ei llythyr hi yr anfonodd ef ataf innau. Daethai ei llythyr hi ato gyda'r post olaf nos Fawrth. Cefais ef y dydd Sul wedyn yn llety Bob, yr unig lythyr a sgrifennodd hi ato erioed. Cedwais ef hyd heddiw oblegid dyma'r prawf fy mod i'n ddieuog gerbron Hannah. Gwrandewch arno, fe welwch ar unwaith mor anghymwys oedd hi i ddyn fel Bob.'

Cymerth Monica y llythyr o'i phwrs a darllenodd:

Annwyl Bob,
Ni allaf ddyfod gyda thi i'r Fro brynhawn yfory fel yr addewais. Bydd y trafaeliwr yn dyfod acw ddydd Iau a rhaid i minnau aberthu fy hanner dydd er mwyn mynd drwy'r stoc.

Efallai nad yw hyn yn gwbl anffodus. Ni bu popeth yn esmwyth rhyngom y dyddiau diwethaf, a byddaf yn amau a allaf i fod yn gystal partner iti mewn bywyd ag ydwyf mewn set tennis. Y mae fy serch yn rhy gywir tuag atat imi feiddio fy nhwyllo fy hun ar y fath bwnc. Os dyna dy ofn dithau, yr wyf yn barod yn awr i'th ryddhau di oddi wrth bob addewid. Meddylia am hyn, a thyrd yma brynhawn Sul – nid cynt. – H.

P.S. Bu lladron yn ceisio torri i mewn i'r cefn neithiwr.

'Fe synnwch, Miss Evans, mor syml y gorffennodd y cwbl. Daeth Bob i'r tŷ yn fuan ar ôl cinio ddydd Sul. Yr oeddwn i'n gorffen gwisgo. Wrth gwrs nid oedd gennyf syniad ei fod i ddyfod, ond cofiaf yn burion imi agor blwch peraroglau newydd ac yr oeddwn yn ei daenu ar fy ngwallt ac ar fy mynwes pan ganodd y gloch. Aeth fy nhad i'r drws a chlywn Bob yn gofyn am Hannah ac yn dweud, rhaid imi ei gweld hi ar unwaith. Atebodd fy nhad dipyn yn sych, ei awr gorffwys ef ydoedd, ond aeth i rybuddio Hannah. Un araf iawn oedd hi yn gwisgo. Yr oeddwn innau wedi hen orffen ac o'r diwedd euthum i'r parlwr.

'Yr oedd golwg fel angau arno. "Wyt ti ddim yn iach," gofynnais i. "Cefais annwyd nos Fawrth a bûm yn fy ngwely ddoe ac echdoe," oedd ei ateb, ac ychwanegodd wedyn, yr ydw i mewn trwbl mawr, Monica. Yr oedd yn gwegian ar ei draed, ac er mor llwyd ydoedd safai diferion chwys ar ei dalcen. Mi gymerais fy hances a mynd ato a sychu ei dalcen. Ond mewn munud, gafaelodd ynof a'm cusanu dan lefain, "Monica, O Monica."

'Fel yna y'n gwelodd Hannah ni. Yr oeddwn i wedi ei chlywed hi ar y grisiau, ond i ba beth y ceisiwn i ymryddhau? Edrychodd arnom am foment hir. Gwelais hi'n gwelwi a'i llygaid yn troi'n wyllt ac yna fel petaent yn marw yn ei phen. Cerddodd allan a chlywais hi'n syrthio ar y landing. Ni allwn i fynd ati oblegid fe suddodd Bob hefyd ar y soffa gan grio, "Beth wnaf i, beth wnaf i, Monica," a glynu wrth fy mraich.

'Mae'r Sul hwnnw, o'r funud y troes Bob ataf i fel yna yn aros gyda mi hyd heddiw, yr unig ddydd o orfoledd digymysg a gefais i yn fy mywyd. Gwelwn ei fod ar fin llewyg a'i dwymyn yn beryglus. Nid oedd dim amdani ond symud oddi wrtho bopeth a allai beri dolur iddo. Mor dyner ag y gallwn mi dynnais oddi ar ei fys y fodrwy a roesai Hannah iddo. Agorais ei wasgod fel y gallai anadlu'n rhwyddach. Eisteddais ar y soffa a thynnais ei ben i'm mynwes. Clywais fy nhad hefyd yn cymryd Hannah i'w lofft ei hun, fel nad oedd raid gofalu amdani hi. Rhoddais fy mysedd ar ei dalcen a'i ruddiau i'w hoeri, ac mewn ychydig bach fe ddaeth ato'i hun. Tynnodd fy wyneb i lawr ar ei wyneb ef. Yr oedd yn ei roi ei hun yn gyfan gwbl imi fel plentyn ystyfnig yn sydyn yn dofi ac yn ufuddhau. "Rhaid i ti siarad wrthyn nhw, Monica," ebr ef, "fedra' i wneud dim mwy." Sibrydais innau wrtho, "Paid â gofidio, myfi piau ti yn awr. Dyro di dy hun yn fy nwylo i."

'Euthum i'm llofft i wisgo amdanaf. Rhoddais ychydig bethau yn fy ffetan ac ymolchi'n frysiog a threfnu fy ngwallt. Yna mi gurais ar ddrws fy nhad. Yr wyf yn mynd â Bob yn ôl i'w lety, meddwn i. Atebodd fy nhad yn ddigon tawel a chwrtais, "Ie, hynny sydd orau". Caeodd ei ddrws a gelwais i ar Bob. Cawsom dacsi ymhen y stryd ac yn fuan iawn yr oeddem wrth ei lety. Agorodd Mrs Nesbit inni ac ni synnodd ddim wrth ein gweld. Mi ddywedais i wrtho, Miss Sheriff, na ddylai ef ddim mynd allan, ond fe fynnai fynd, a honni ei bod hi'n eithriadol bwysig. Hen wraig ddoniol oedd hi ac ni allwn i beidio â gwenu pan aeth hi ymlaen, "A chi yw Miss Sheriff? Dych chi ddim yn debyg i'ch llun, yr ydych yn hŷn ond yn llawer mwy serchog. Echnos, wyddoch chi, yr oedd e'n crwydro dipyn yn ei wres, ac yn galw arnoch o hyd wrth eich enw llawn, Hannah Monica."

'Aeth Bob i'w wely ar unwaith a gwnaeth Mrs Nesbit dân inni yn ei lofft ef ac yno y cawsom de. Trefnais innau'r stafell o'r newydd a thaclu pobman – fe wyddoch beth yw llofft llanc. Mi deimlwn fel brenin wedi ennill teyrnas newydd, ac euthum i lawr a threfnu ei barlwr ef hefyd; parlwr cefn oedd ganddo. Gwelais ddau ddarlun o Hannah yno a rhai pethau eraill oddi wrthi. Bu'n rhaid imi eu llosgi hwynt. Newidiais hefyd drefn y bwrdd a'r cadeiriau a chefais flodau a llenni ffres gan Mrs Nesbit. Y peth mawr gennyf oedd creu awyrgylch hollol newydd o gwmpas Bob fel y teimlai ef ei fod mewn byd gwahanol ar unwaith, fy myd i. Pan oeddwn i'n mynd trwy ei ddrôr ef i roi'r papurau'n ddel yno, deuthum ar draws llythyr Hannah.

'Erbyn nos yr oedd Bob wedi gwella'n iawn, ac yn canu a chofleidio a chwarae. "Yr wyt ti'n ddofn ac yn hudolus fel cath", meddai ef gan chwerthin a'm cusanu, "mi wneuthum fy ngorau i gadw fy mhen gyda thi, ond fedrwn i ddim". Fy unig ateb i oedd ei gusanu ef yr un fath â'r tro cyntaf.

'Priodasom fis ar ôl hynny, yn swyddfa Caerdydd. Rhoes fy nhad siec dau ganpunt imi y noson cyn imi ymadael, a dweud, "Paid fyth â dyfod ar fy nghyfyl i mwy". Yr oedd ef a Hannah wrth y cownter pan euthum i drwy'r siop y bore wedyn at y tacsi; dywedais innau ffarwél wrthynt, ac nid atebodd neb air. Gadawsom Gaerdydd ddwy flynedd wedyn a dyfod yma i Abertawe. Ac ni chlywais ddim oddi wrthynt wedyn.'

'Ond y mae gennych eich gŵr o hyd,' ebr Alis.

Troes Mrs Maciwan arni'n frathog:

'Ydych chi'n meddwl, Miss Evans, fod serch yn dwyn hapusrwydd? Amcan serch yw hyn (gan awgrymu â'i llaw ei beichiogrwydd), er mwyn hyn mae'n rhaid i ddeuddyn ddyheu am ei gilydd a chusanu ei gilydd, ac er casáu, fethu â gadael llonydd i'w gilydd. Yr wyf i mor eiddigus o'm gŵr heddiw ag oeddwn i pan oedd ef yn ŵr darpar Hannah. Pe ceisiai rhywun arall ei gael, mi awn hyd at eithaf fy nerth i ddial arno ef a hithau. Ac eto, y mae'n ffiaidd gen i fy ngŵr.'

Y Drydedd Bennod

'Bore da'n awr.'

O'u ffenestr gwyliodd y ddwy chwaer eu cymdoges yn croesi'r ffordd i'w thŷ ei hun. Cerddai'n bwyllog. Er gwybod eu bod yn edrych arni ni throes yn ei hôl unwaith.

'Mae hi'n symud fel un yn mynd i'w chrogi,' ebr Lili. 'Edrych, dacw'r cathod yn ei chyfarfod wrth y llidiart. Pam mae hi'n sefyll mor hir?'

Taflasai Monica y drws yn agored ac arhosodd i'r cathod fynd i mewn yn gyntaf. Tywynnai haul y bore yn y de-ddwyrain a gorweddodd cysgod y wraig o'i blaen hi yn y porth. Yn sydyn troes tua'r heulwen a chododd ei llaw i gyfarch y chwiorydd. Edrychai fel petai hi'n ffarwelio â'r haul. Yna camodd i ganol ei chysgod a chaeodd y drws yn drwm ar y golau. Rhynnodd Alis yn sydyn ar hyd ei chorff.

Caeodd Monica y drws ac aeth i fyny'r grisiau i'w llofft gan amcanu newid ei dillad. Agorodd y ffenestr. Yr oedd ei blwch sigareti ger y drych ar y bwrdd gwisgo. Cymerth sigarét a'i thanio ac eisteddodd ar y gwely plu i'w hysmygu. Deg ar gloch ydoedd. Mewn hanner awr galwai'r bachgen llefrith. Wedyn deuai'r car llysiau heibio iddi a'r car pysgod ar ei ôl. Câi ddefnyddiau felly i wneud pryd bwyd iddi ei hun ganol dydd. Dylai fynd i'r pentref i brynu cig erbyn y dychwelai Bob i ginio chwech ar gloch. Yr oedd yn hwyr glas iddi sgubo'r parlwr. Byddai ganddi ddigon o waith i lenwi ei bore a gallai ymolchi wedyn a newid a galw ar Mrs North i fynd gyda hi am brynhawn i'r dre. Newid ei nofel yn y llyfrgell, mynd i gaffe am de a theisenni, edrych ar y ffasiynau newydd yn ffenestri'r siopau, cael trin ei gwallt efallai a siampŵ. Gallai ddyfod adref tua phump a pharatoi cinio iddi hi a'i gŵr, a mynd allan ill dau yn yr hwyr i'r cinema neu am dro tua glan y môr. Dyna'i diwrnod cyffredin hi er pan ddaethai i'r faestref newydd hon bum milltir oddi allan i Abertawe.

Ac yna fe ddeuai'r nos, nad oedd y dydd cyffredin namyn paratoad iddi, y nos y dringai hi a Bob y grisiau hyn ynghyd a dyfod i'r ystafell hon, ac yr eisteddai hi yma ar ymyl y gwely tra gostyngai ef y llenni orains trymion dros y ffenestr, ac yna troi ati gyda'i lygaid molglafaidd, taer, a'i ddwylo ymbilgar.

Gwnaeth Monica ystum o syrffed. Gwasgodd ei sigarét rhwng bys a bawd nes ei diffodd ac aeth at y ffenestr a phwyso drwyddi gan ystyried y stryd oddi tani. Dacw'r llanc llefrith. Galwodd Monica arno o'i ffenestr:

'Dau beint. Mae'r siwg wrth y drws cefn.'

Peth ar ei ben ei hun yw stryd mewn maestref o'r dosbarth canol. Ffurfir ei chymeriad a rheolir ei bywyd cymdeithasol yn llwyr gan ferched. O naw y bore hyd at chwech yr hwyr eu gweision hwy – cenhadon y siopau, y postmon gyda'i god, y curad a'r gweinidog ar eu cylch, swyddogion lifrai y cwmni nwy a thrydan – yw'r unig wŷr a welir yno. Gan y merched y llunnir holl gysylltiadau personol y tai â'i gilydd; hwynt-hwy drwy gynnig neu wrthod eu 'bore da' a'u 'nawn da' a benderfyna safle gymdeithasol pob teulu. Gall y gwŷr hobnobio gyda'i gilydd fel y mynnont yn y trên neu'r bws ar eu ffordd i fusnes ac yn ôl, ond pan elont allan gyda'u gwragedd ar brynhawn Sul neu pan arddont dan eu llygaid ar brynhawn Sadwrn, os digwydd i un teulu daro'n erbyn un arall a gyfrifir yn is ei radd, mawr yw anghysur y gwŷr wrth iddynt geisio peidio â gweld ei gilydd. Yr adegau hynny edrychant yn syn ar ddallineb Olympaidd eu gwragedd a pherffeithrwydd tro eu gwefusau, a thry eu syndod yn syfrdandod pan ddywedo'r naill wraig yn union wedi mynd y llall o gyrraedd clyw:

'Welsoch chi ei chôt newydd hi? Pedair punt a chweugain yn y Bon Marché yr wythnos ddiwethaf.'

Taniodd Monica ail sigarét ac edrychodd ar Heol yr Eglwys o'i chwmpas. Dyma'r awr yr âi'r gwragedd i'r pentref i'w siopa beunyddiol. Y gyntaf i gychwyn allan y bore hwn oedd Mrs Clarens, gweddw yn byw yn y tŷ uchaf ym mhen y stryd, gwraig borthiannus a hapus a mindlos tua hanner cant oed. Syrthiasai cyfrifoldeb trwm arni hi canys priodasai ei hunig ferch â mab Archddiagon Llangennydd. Oblegid hynny cerddai Mrs Clarens yn awr gan sbio megis barnwr ar ffenestri pob tŷ, ac edrychodd yn syth ar Fonica heb ei gweld hi. Cadwai lygaid craff ar fuchedd ei holl gymdogion ond ni chyfarchai neb oddieithr Mrs North a'r ddwy Miss Evans. Buasai yn yr ysgol gyda Mrs North, ac yr oedd y ddwy Miss Evans yn hen deulu yn y Drenewydd cyn troi y pentref gwledig yn faestref boblog. Ond i glustiau Mrs Clarens yr oedd iaith y ddwy hen ferch, er na allai hi wadu eu bod yn foneddigion, eto yn orwledig a chras. Syfrdanwyd hi pan ddaliodd hi Lili Evans un bore gyda rhaw yn ei dwylo ar ganol yr heol.

'Beth ych chi'n ei wneud, Miss Evans?'

'Hel y tail gwartheg yma i'r ardd.'

'O Miss Evans, *tail*. Dyw'r gair yna ddim yn weddus iawn.'

'Beth ddylwn i ei ddweud, biswail?' gofynnodd Lili'n ddiniwed.

'Miss Evans annwyl! Os rhaid i chi enwi'r peth, dwedwch "weddillion". A byddai'n well o lawer beidio â sylwi bod y fath beth i'w gael ar ein stryd ni. Ond dyna'r gwaethaf o ddyfod i fyw mor agos i'r wlad.'

Pan ddaethai Mrs Clarens gyntaf i Heol yr Eglwys, ryw bedwar mis cyn hynny, cawsai gan yr archddiagon ei hun ddyfod i'w 'diwrnod derbyn' hi a chymryd te ganddi. Hen ŵr rhadlon oedd y clerigwr, a'i lun megis baril ar goesau hwyaden. Aeth Mrs Clarens i'w ddanfon adref hyd at waelod yr heol, ac wrth iddi basio nifer o'i chymdogion dywedodd yn hyglyw:

'Archddiagon, yr wyf yn teimlo ei bod hi'n haws goddef y stryd yma bellach wedi i chi ddyfod i roi urddas arni.'

'Debyg iawn,' meddai'r baril, ac ymaith ag ef yn araf ar ei draed anystywallt. Yr oedd Mrs Clarens ar ben ei digon. Gwnaethai'r archddiagon bopeth yn iawn y prynhawn hwnnw. Ebr hi wedyn wrth y gwragedd a yfai ei the:

'Yr un peth a ofnwn i oedd na ddeuai ef ddim yn ei *gaiters*, ond fe ddaeth â hwynt. Does dim, wyddoch chi, gystal â *gaiters* clerigol er mwyn rhoi cymdogion yn eu lle.'

Ni faliai Monica am ddiystyrwch Mrs Clarens ohoni. Yr oedd hapusrwydd y weddw yn gystal â'i balchder yn ei gosod hi y tu allan i'w byd hi. Ond pan welodd hi Mrs Amy Huws yn ei dilyn tua'r siopau dri munud yn hwyrach, ymguddiodd Monica ennyd y tu ôl i len y ffenestr. Cofiodd y tro cyntaf y gwelsai hi Mrs Huws, mewn siop yn y pentref wythnos wedi iddi setlo yn Heol yr Eglwys. Cerddasant adref gyda'i gilydd a dysgodd Monica mai newydd ddyfod i'r ardal yr oedd ei chymdoges hefyd.

'Nid un o'r ardal yma ydych chi?' gofynnodd Mrs Huws.

'Nage. O Gaerdydd.'

'Yr wyf innau o Fangor.'

'Oddi yno y daethoch chi yma?'

'O Birmingham. Ond cafodd fy ngŵr ei drosglwyddo i swydd uwch yn y banc yma. Disgwyliaf y caiff godiad arall yn ebrwydd. Ydych chi wedi penderfynu ar eich diwrnod derbyn eto?'

'Beth yw hynny?'

'Wyddoch chi ddim? Y prynhawn y byddech chi gartref i groesawu cyfeillion.'

'Adwaen i neb yma,' ebr Monica.

'Rhaid i chi ymuno â'r clwb golff. Y mae'n glwb dethol a bonheddig dros ben. Rwyf i newydd fynd yn aelod. Wrth gwrs, mae bod fy ngŵr yn ariannydd yn y banc yn ei gwneud hi'n bwysig imi feithrin cylch cymdeithasol da. Y Mercher olaf o bob mis yw fy niwrnod i. Os dowch chi acw a gadael cardiau mi'ch cyflwynaf chi i bobl go gyfrifol fydd yn help i chi yma.'

Dysgodd Monica ymhellach fod Mrs Huws yn raddedig ym mhrifysgol Cymru, a chan fod Monica yn ddiniwed credodd fod hynny yn arwydd o ddiwylliant. Ac wedyn buasai Mrs Huws yn athrawes mewn ysgol. Nid oedd hi'n dlos, gwisgai'n uchelgeisiol ond heb chwaeth. Am bythefnos bu'r ddwy yn gyfeillion cu. Dechreuodd Monica ddeall blys cwbl wahanol i'w blys ei hunan, sef dyhead am lwyddiant cymdeithasol a chodi yn y byd. Ond un bore pan gyfarfu'r ddwy ar y ffordd cerddodd Mrs Amy Huws heibio iddi heb na gair na gwên. Tybiodd Monica mai damwain ydoedd a galwodd arni. Ni throes y wraig. Cythryblwyd Monica. Ychydig ddyddiau wedyn daethant eto wyneb yn wyneb a stopiodd Monica.

'Beth sy'n bod, Mrs Huws?'

'Beth?'

'Pam y pasiwch chi fi heb sylw?'

'O, mae'n ddrwg gennyf eich brifo, Mrs Maciwan, ond rhyfedd na ddeallwch chi fod yn amhosibl inni fod yn gyfeillion. Wyddwn i ddim mai crefftwr oedd eich gŵr chi. Bore da.'

Nid oedd Monica yn ddi-urddas. Cerddodd yn ei blaen heb air. Yr oedd ganddi syniad aneglur ond pendant bod ei chlefyd ysbryd hi ei hunan o natur fwy pendefigaidd wedi'r cwbl nag ysfa fas ei chymdoges. O leiaf ni ofalodd hi lawer erioed am sibrwd pobl o'i chwmpas.

Pa galon a ŵyr chwerwder ei gilydd? Y funud hon tra pasiai hi dan lygaid Monica, yr oedd pwysau anobaith yn gwyro ysgwyddau tenau Amy Huws tua'r llawr. Aethai ei diwrnod derbyn hi heibio. Treuliasai'r bore hwnnw yn y gegin yn llunio pasteiod bychain, del, a'u rhoi'n fflat a blodiog yn y ffwrn, a'u tynnu allan wedyn yn euraid ac ysgeifn fel byrlymau rhaeadr. Yr oedd ganddi law at basteiaeth. Yna trefnodd ei pharlwr, gwisgodd, ac arhosodd i'w gwesteion ddyfod. Dylai dwy neu dair beth bynnag o wragedd cydweithwyr ei gŵr dalu'r pwyth iddi am fynd o'u cwmpas. Ni ddaeth neb. Bu'n rhaid iddi hi a'i phriod chwerw-fwynhau gwaith ei llaw. Pam yr oedd hi mor fethiant ac ysgymun? Mor anffodus yn ei barn a'i chynlluniau? Dacw'r Mrs Maciwan yna; pan welsai Amy Huws hi gyntaf a sylwi mor fwythus y cariai hi ei dillad, meddyliasai achub y blaen ar y cymdogion drwy ymgydnabod â hi. A chlywed wedyn gan ei gŵr mai trwsiwr clociau mewn siop oedd Maciwan a'i gyflog yn llai na phedair punt yr wythnos. Pam nad wyf i lanach, cwynai Amy Huws ynddi ei hun, pam na fedraf i wisgo fel y Mrs Falmai Briand acw? Dyna hi'n dyfod o'i thŷ yn awr. Pam nad oes gennyf innau enw soniarus felly yn lle Amy Huws? Swildod a diffyg mentro fu'n rhwystr i mi erioed. Hon acw y dylaswn i fod wedi ei chyfarch ers tro, nid y wraig clociwr yna. Nid oedd Mrs Briand ar y cyntaf ychwaith ond geneth mewn siop; eto heddiw nid ymhlith pobl Heol yr Eglwys y mae ei chydnabod hi eithr yn y tai mawrion sydd o'n cwmpas, pob un yn ei barc ei hun. Yr ydym yn gymdogion ers misoedd ac fe ddylem gyfarch ein gilydd. A phan ddaeth hi hyd ati – yr oedd car Daimler yn aros wrth lidiart Mrs Falmai Briand a gwraig drom ynddo'n eistedd a gwerth tyddyn o grwyn gwiwerod am ei hysgwydd – dywedodd Amy Huws yn uchel, gan edrych yn hyderus ar wyneb a agorasai ddrysau cyfoeth:

'Bore da, Mrs Briand.'

Ond ni symudodd y gwefusau ciwpid, ac ysgubodd y llygaid beilchion, oddi tan aeliau oedd fel lleuadau newydd, gydag un drem ddirmygus dros gorff diarddull Amy Huws, nes codi gwrid i'w thalcen a'i gwddf, a phasiodd Mrs Falmai Briand i mewn i'r limwsîn at ei chyfaill blonegog.

Ni allai Amy Huws wybod mai'r bore hwnnw hefyd y dywedodd goruchwyliwr y banc wrth ei gŵr hi:

'Huws, gwell i chi anfon siec Mrs Falmai Briand yn ôl at y teiliwr yma. Nid gyda ni y mae Briand yn bancio a does ganddi hi ddim hyd y gwyddom i gyfarfod â'i dyled.'

Ond dacw Mrs North yn dyfod i fyny'r stryd fel sgwner dan ei hwyliau. Nid oedd rhithyn o'r snob yn Mrs North. Unwaith y mis, yn hwyr y dydd, llanwai ei thŷ â chyfeillion, meddwai'n gorn, a thua chanol nos âi allan i'r heol i ffarwelio â'r gwesteion gan weiddi cyfarchiadau ar eu holau drwy'r stryd dawel, nes deffro pob baban a chi yn yr ardal a pheri rhegi a rhincian dannedd mewn gwelyau llwythog. Gwynfyd Mrs North oedd chwedleua. Ymhyfrydai ei dychymyg mewn creu drama a chyffro o'i chylch. Gwrando ar straeon ei chymdogion, eu perffeithio'n arswydus yn ei meddwl ei hun, eu lledaenu wedyn y ffordd yr elai, er mwyn hynny yr hobnobiai hi gyda phob enaid yn y Drenewydd, tlawd a chyfoethog yn ddiwahaniaeth, a phan edliwiai Mrs Clarens iddi ei diffyg urddas, buan y deuai'r ateb:

'A phetawn i ddim yn clebran gyda gwraig y siop bysgod, beth fyddai gennych chi o ddiddordeb i'w ddweud y prynhawn yma wrth Mr Davies y ciwrad?'

Y funud hon, tra cyrchai hi tuag adref, rhuai sgandal newydd danlli fel gwynt dan ei phenelinoedd. Ysbïai o'i chwmpas gan ffroeni gwrandawydd. Gwelodd Fonica yn ei ffenestr a bloeddiodd arni gan ruthro drwy'r ardd tua'r tŷ. Daeth Monica at y drws.

'Glywsoch chi am Mrs Rhosser?'

'Naddo.'

'Diolch fyth.'

Gwraig ifanc a phlentyn tri mis oedd ganddi oedd Mrs Rhosser, yn byw ym mhen uchaf Heol yr Eglwys. Wedi geni ei phlentyn llogasai eneth o'r pentref i ddyfod ati'n ddyddiol yn y tŷ. Y bore arbennig hwn arhosodd Mrs Rhosser yn ei gwely a'r baban yn y crud wrth ei hymyl. Ffarweliodd ei gŵr â hi a mynd, fel y tybiodd hi, i'w fusnes yn y dref. Aethai hanner awr heibio. Yr oedd y tân yn y llofft yn isel a chanodd hithau'r gloch i alw'r forwyn. Canodd ddwywaith heb ei hateb. Taflodd ŵn llofft amdani a rhedodd i lawr yn ei slipanau i geisio glo. Yr oedd drws y parlwr cefn yn gilagored ac yno ar y soffa gwelodd ei gŵr a'r forwyn yn cydorwedd. Yn ei braw rhedodd Mrs Rhosser allan i'r ardd a chyfarfu â'r bachgen llefrith. Dewch yma, gwaeddodd hi a'i dynnu'n wallgof at y parlwr i ddangos y ddeuddyn iddo. Cafodd y llanc fore gorfoleddus yn dweud yr hanes o dŷ i dŷ.

'Erchyll, onid e?' meddai Mrs North a'i llygaid yn dawnsio. 'Beth ddywed fy ffrind, Mrs Clarens? Bydd yn rhaid iddi wahodd Archesgob Cymru ei hun i de er mwyn gwella o'r sioc. Ond meddyliwch am y wraig druan gyda'r babi bach,' a daeth dagrau theatraidd i lygaid Mrs North. 'Beth wnaech chi, Mrs Maciwan, yn ei lle hi?'

Chwarddodd Monica, y chwerthin peiriannol, uchel a fabwysiadwyd ganddi er ei phriodas.

'Ddewch chi gyda mi i'r dref y prynhawn yma?' gofynnodd ei chymdoges.

'Na, fedra' i ddim heddiw, diolch i chi.'

'O'r gorau, bore da. Rhaid i mi frysio i ddweud yr hanes wrth y ferch. Mae'n well iddi ei glywed gennyf i na chan neb arall. Bydd yn rhaid i chithau cyn bo hir, Mrs Maciwan, feddwl am anawsterau mamau.'

Fel yr âi Mrs North ymaith, daeth plentyn i fyny'r ardd a llwyth o bapurau newydd dan ei gesail. Cymerth Monica ei phapur, caeodd y drws ac aeth i'r parlwr. Eisteddodd wrth y bwrdd lle yr oedd blwch hanner llawn o siocledi. Agorodd ddail y papur a dechreuodd ddarllen a bwyta. Cnôi'r siocledi heb eu sugno, ei chernau'n gweithio'n ddyfal. Trôi ddail ei phapur yn ddiderfyn gan ddarllen darn yma a darn acw, hanes am lofruddio plentyn, am ysgariad actores ym Mharis, hysbysiad am ennaint glanhau dannedd, am sebon golchi sidan. Nid edrychodd ar y newyddion politicaidd nac ar hanes tân a marwolaeth mewn pwll glo yn sir Fynwy, ond darllenodd yr ugeinfed bennod o'r nofel er na ddilynasai hi mo'r rhannau blaenorol. Hanes ydoedd am anturiaethau ym meddrodau Lwcsor ac o amgylch pyramidiau'r Aifft. Un ar ôl ei gilydd diflannodd y siocledi o'r blwch hanner llawn.

Darllenai Monica a myfyriai. Beth oedd yr ymdeimlad o syrffed a dyfai o'i mewn? Pan ddychwelasai hi i'w thŷ ei hun ddwy awr yn gynt yr oedd hi'n dawel ei meddwl. Llwyddasai o'r diwedd i ddweud y stori a fuasai cyhyd yn cronni yn ei mynwes, stori ei chyfiawnhad a'i buddugoliaeth. Ac eisoes, mewn dwy awr fer, ymddangosai'r hanes gyda'i gymysgedd gwir a chelwydd yn druan ddigon. Beth a feddyliai Miss Evans ohoni? Wel, nis gwelai hi fyth mwy, a chododd ton o ddigofaint ym meddwl Monica yn erbyn y ferch honno ar ei gwely a'i hudodd hi, megis y ceisiasai ei mam ei hudo hi unwaith, i ymddiried ei chyfrinach iddi. Paham na châi hi rywrai heblaw gwragedd afiach i gydymdeimlo â hi a gwrando arni?

Er hynny, fe wyddai Monica nad Miss Evans oedd achos dyfnaf ei digalondid. Yn araf trwy labrinth tywyll ei hanner meddyliau dringai'r bwystfil gwirionedd i'w hymwybod. Sylwasai hi droeon ar Mrs Rhosser yn mynd a dyfod yn y stryd; benyw dal, hardd, a graslonrwydd diymdrech yr awyr agored yn ei cherdded. Gwelsai hi gyda'i gŵr yn mynd i chwarae tennis neu ar brynhawn Sul a ffon yn ei llaw yn cychwyn gydag ef am dro i'r wlad, ei hosgo bob amser yn mynegi iechyd dibryder corff ac ysbryd. Diau mai hi a'i gŵr oedd y ddeuddyn mwyaf lluniaidd yn y Drenewydd, ac nid oedd ond pum mlynedd er pan beidiasai Ned Rhosser â chwarae rygbi dros Gymru. Meddyliodd Monica amdani yn awr, gyda'i holl ffydd mewn bywyd, a'i dwyfron gref yn cronni'r llaeth maethlon, ond wedi ei gwasgu am dymor i'w hystafell wely, ei meistrolaeth ar ei hamgylchiadau wedi llacio dro; a hithau mor ddiofn, mor ddifeddwl-ddrwg, yn rhedeg yn ysgafndroed i lawr y grisiau, ac yna drwy golyn y drws, cyn dyfod hyd yn oed un amheuaeth drugarog i dorri'r garw, yn darganfod Bob a'r forwyn ynghyd ar y soffa. Felly'n ddisyfyd, mewn eiliad, y mae cnawd yn ein bradychu a'n llorio.

Nage, wrth gwrs, nid Bob; ond Ned Rhosser. Eithr eisoes yr oedd Monica hefyd yn anghymwys i gyflawn ddefodau'r cnawd, ac o ddydd i ddydd fe'i hanghymhwysid hi fwyfwy. Nid oedd ychwaith ddim arall yn clymu Bob Maciwan wrthi. Y noson y dywedasai hi wrtho fod bywyd yn ei chroth hi, onid ei ateb ef oedd ei gollwng hi o'i freichiau a sibrwd yn floesg; felly rhaid inni beidio? Dyna'r tro y daeth ofn arni hithau ac y gafaelodd ynddo a'i dynnu'n ôl ati gydag ystum cybydd yn cofleidio'i aur. Ond yn y bore dywedodd Bob:

'Bydd gennym rywbeth i fyw er ei fwyn yn awr.'

Aethai'r gair fel cyllell i feddwl ei wraig. Ai felly yr edrychai ef ar ei hymdrech hi i lenwi ei fywyd, i fod yn feistres iddo yn gystal ag yn wraig briod, i roi i'w synhwyrau eu gwala a'u gweddill o fwynhad? Myfyriasai ar y gair nes treiddio i'w ystyr a deall bod blinder serch a'i syrffed wedi gwreiddio ynddo ef hefyd. Bellach ni allai ei gafael ynddo beidio â llacio. Cyn bo hir fe'i gosodid hi o'r neilltu, byddai hithau'n gorwedd fel Mrs Rhosser yn llesg yn ei gwely, deuai rhyw fenyw ddiethr i weini arni hi ac arno yntau, a rhyw fore fe ddisgynnai hithau ar y grisiau a gweld trwy gil y drws yn y parlwr, megis yr awgrymodd Mrs North mor faleisus iddi; beth a wnaech chi yn ei lle hi? Felly y troid ei buddugoliaeth, a fuasai mor ddiweddar yn destun ei ffrost, yn lludw yn ei genau.

Ond yn ei hystlys am y funud y daeth y meddwl hwn iddi clywodd Monica boen sydyn, llym fel ergyd. Yr oedd yn boen gwahanol i ddim a brofasai hi o'r blaen. Yr oedd megis troed neu benelin bychan yn rhoi gwth o'i mewn hi, a dododd hi ei llaw mewn dychryn ar y chwydd. Ofnodd ei bod yn mynd i gyfogi a rhedodd i fyny i'r llofft. Tynnodd ei dillad uchaf oddi amdani a gorweddodd i lawr dan gwrlid y gwely. Yn raddol tawelodd ei dolur. Felly, y tro cyntaf erioed, y rhybuddiwyd hi gan y plentyn yn ei chroth fod hawliau a gyrfa newydd yn galw arni. Yn swrth ac yn annifyr fe gysgodd Monica.

Cysgodd a breuddwydiodd; ac yn un o'i breuddwydion fe'i cafodd ei hun mewn teml fawr, ddwyreiniol a'r muriau a'r pileri yn amryliw gan wenithfaen a thywodfaen. Ym mhen uchaf y deml, rhwng dau biler o liw gwaed, yr oedd cadair o farmor claerwyn, ac ynddi eisteddai Monica. Eisteddai mewn gwisg wenllaes offeiriades gyda sandalau am ei thraed a breichledau trymion o amgylch ei migyrnau. Yr oedd ei breichiau'n noeth ac ar ei gliniau gorweddai cleddyf miniog. Daeth dau negro i'r deml o'r tu cefn i'r orsedd a rhyngddynt garcharor dan gadwynau a gorchudd o liain dros ei wyneb. Cerddodd y tri hyn heibio iddi hyd at borth y deml. Cododd yr offeiriades o'i chadair a dilynodd hwynt rhwng y pileri a thrwy'r porth. Yno yr oedd grisiau o dywodfaen coch yn disgyn i lwyfan neu falcon yn yr awyr agored ar ben craig uchel. Edrychodd Monica dros ymyl y balcon a gwelodd wastadedd eang, tywodlyd a thyrfa ddirifedi wedi ymgasglu yno ac yn syllu i fyny tuag ati. Safodd y ddau negro gerbron y dorf a safodd y carcharor rhyngddynt, ond gollyngwyd ei gadwynau ef a disgynasant yn drystiog o gwmpas ei draed. Yna troes Monica ato a chododd ei chleddyf a thrywanodd ef rhwng ei ddwyfron oni syrthiodd yn gelain dros y dibyn i blith y dorf; a phan syrthiodd datguddiwyd ei wyneb, a gwelodd Monica mai Bob Maciwan ydoedd.

Deffroes am dri ar gloch i glywed curo ar ddrws y tŷ. Cododd yn flin a gwisgodd siaced amdani ac aeth i agor. Sipsi oedd yno gyda basged drom ar ei braich a geneth fach yn gafael yn ei sgert.

'Ledi,' meddai'r sipsi, 'yr ydych yn garedig yn agor imi. Curais wrth bob drws ar hyd y stryd y pnawn yma heb ennill na dimai na dim.'

'Beth sy gennych chi?'

Llithrodd y sipsi ei basged oddi ar ei braich a'i gorffwys ar ben ei glin, gan ddangos pegiau a chareiau a brwsiau llaw o blu.

'Does arna' i mo'u heisiau nhw,' ebr Monica.

'Pa wahaniaeth am hynny, ledi? Prynwch rywbeth er mwyn yr hen sipsi druan. Neu,' ac edrychodd yn sydyn gyda gwên gynffonllyd i lygaid Monica, 'croeswch fy llaw i ag arian ac mi ddweda' i wrthych chi ai mab ai merch fydd eich plentyn.'

Cymerth Monica gam dig yn ei hôl.

'Na, diolch.' A gwnaeth osgo cau'r drws.

'Peidiwch â'm troi i ymaith, ledi. Chefais i na'r groten ddim i'w fwyta er pen bore. Rhowch chwech fach imi'n awr, a lwc dda i chi.'

'Alla' i ddim fforddio chwech. Mi chwilia am ddwy geiniog i chi os arhoswch.'

'Ie, diolch yn fawr, a phetaech chi'n rhoi rhywbeth i'r groten, rhyw ddegan neu afal? Fe ddaw â lwc i chi.'

Aeth Monica i'r llofft i gael ei phwrs. Cymerth ddwy geiniog ohono. Yr un ffunud sylwodd ar ei chostrel peraroglau ar y bwrdd gwisgo. Ei gŵr a'i rhoesai iddi ychydig ar ôl eu priodas a dywedasai'n gellweirus wrth iddo fygdarthu ei gwallt:

'Wyddost ti mai trwy fy ffroenau y dyheais i amdanat gyntaf?'

Costrel o tsieni tenau gwyn ydoedd, wedi ei llunio'n gywrain ar ddelw alarch. Daeth i gof Monica mai hi'n unig o'i theulu a ddefnyddiai darth. Mor ffiaidd oedd ei blas gan Hannah fel na lanhâi hi ei dannedd ond â sebon carbolig. I Fonica buasai hudoliaeth erioed nid yn unig mewn perarogleuon, eithr yn eu henwau hefyd, ac yn lluniau'r breninesau a welid ar y blychau, Cleopatra, Pompeia, Pompadour. Ni wyddai hi mo'u hanes. Meistresi serch oeddynt iddi hi, rhianedd a gasglasai bob hudoliaeth golud a chelfyddyd o amgylch eu cyrff yn unig er mwyn plygu calonnau eu cariadon. Dotiasai ar eu lluniau a dychmygai amdanynt yn guddiedig oddi wrth y lliaws, yn cerdded ar ddail rhosynnau yng ngerddi'r dwyrain, neu yn gorwedd ar leithigau yn stafelloedd ymerawdwyr, a phob un ohonynt yn ymgnawdoliad o'i delfryd hi ohoni ei hunan.

Cipiodd Monica y gostrel ynghyd â'r ceiniogau, rhoes y pres i'r wraig, a gwthiodd y llestr llathraid i ddwylo du, amhersawr y sipsi fach.

Weithian yr oedd ei bwriad hi'n bendant ac am y ddwy awr nesaf gweithiodd yn ddiwyd. Cymerth flancedi a llieiniau a matras o'r cwpwrdd sychu, ac wedi eu gosod ysbaid o flaen tân nwy y parlwr taenodd hwynt ar y gwely yn y llofft sbâr, y llofft a ddefnyddiai ei gŵr yn stafell wisgo ond na chysgodd ef ynddi oddieithr ar droeon. Sgubodd a threfnodd y llofft a rhoes botel boeth yn y gwely. Symudodd wedyn bopeth o eiddo'i gŵr allan o'i stafell ei hun. Crwydrodd ei meddwl yn ôl a blaen ar hyd ei gyrfa tra gweithiai. Gwenodd yn ddiflas dan ystyried mai tra sgubai hi lofftydd y ffurfiwyd pob penderfyniad o dipyn pwys yn ei hanes. Yr un modd y datblygasai ei delfrydau. Ar y linoliwm rhad hwn, ynghanol llwch a chlytiau golchi, y troediodd esgidiau satin Madame du Pompadour. Buasai hynny'n oddefol cyn iddi briodi, yn y cyfnod y lleolai hi ei breuddwydion mewn amser oedd i ddyfod. Yn ystod y tair blynedd diwethaf bu'r cais i fyw ar lefel lluniau hysbysebu sebon yn fwy beichus iddi bob dydd. Profodd Monica ysgafnhad calon yn gymysg â'i chwerwder pan roes hi siwt nos Bob ar y gwely sbâr ail-law. Edrychodd ar ei llygaid yn y drych a brynasid yn siop Woolworth. Tybiodd weld gwahaniaeth ynddynt eisoes, gan mai peidio â blysio yw dechrau marwolaeth. Yr oedd yr ewyllys a'i daliasai hi'n ifanc wedi torri bellach, a disgwyliai hithau weld y crychion a smwddiasai angerdd chwant oddi ar ei thalcen a'i gên yn prysuro'n awr i'w lle. I ba beth yr ymdrechai hi mwy? Yr oedd natur yn drech na hi ac yn chwyddo ac yn anffurfio ei chorff. Tybiasai pan briododd na buasai berygl iddi gael plentyn, dyna un fantais o briodi'n ddiweddar. Ond bradychwyd hi, ac ni ddeuai ei chorff fyth mwy yn lluniaidd. Ni frwydrai hithau ymhellach. Gwell na gweld ei gafael ar ŵr ifancach lawer na hi yn darfod o ddydd i ddydd ydoedd torri'r frwydr yn awr. Gorffennodd Monica ei threfniadau. Gwnaeth de brysiog, aflêr iddi ei hun, rhoes fwyd a llefrith i'r cathod, gadawodd bryd oer ar y bwrdd i'w gŵr, ac aeth i'w gwely.

Clywodd y bws chwech yn stopio yng ngwaelod yr heol a chwerthin gwrywaidd dwsin o bennau teuluoedd yn agosáu. Llidiart Mr Briand yn agor a chau yn gyntaf, lleisiau didaro'n dweud nos da, un arall ac un arall, ac yna llidiart ei thŷ ei hun.

Chwipyn ac yr oedd llais ei gŵr wrth waelod y grisiau yn galw.

'Halo.'

Mewn eiliad yr oedd ef ar ei liniau wrth y gwely.

'Wyt ti'n wael, cariad?'

'Yr oeddwn i'n gweithio a dyma'r plentyn yn rhoi naid o'm mewn i. Bûm bron â mynd i lewyg.'

'Ond, Monica, rhaid iti beidio â gwneud gwaith trwm. Does neb yn dy gyflwr di yn ei wneud. Gallwn gael merch o'r pentref i ddod i mewn. Petai hi'n dyfod bob bore yn unig i lanhau ni chostiai hynny fawr inni.'

'Na, chymera' i ddim merch. Addo imi na chymeri di fyth ferch i'r tŷ, addo imi, Bob.'

Yn ei hangerdd aeth arfer yn drech na'i phenderfyniad ac yr oedd ei dwylo yn glwm am ei wddf. Cusanodd Bob hi'n bryderus. Gwelodd olwg hen a gwael arni.

'Wrth gwrs, os na fynni di.'

Tynnodd Monica ei dwylo oddi wrtho:

'Bob, yr wyf wedi taenu gwely iti yn y llofft sbâr. Rhaid iti beidio â chysgu gyda mi o hyn allan, byddai'n beryglus.'

'Oni ddylem ni alw'r doctor?'

'Ddim eto, ddim eto. Dos yn awr i gael dy fwyd. Mae'n ddrwg gennyf mai pryd oer sydd iti.'

Aeth ef i lawr, bwytaodd ei bryd, golchodd lestri'r dydd, ac yna dychwelodd i'r llofft. Ffugiai Monica gysgu. Disgynnodd Bob Maciwan yn dawel rhag iddo ei deffro, goleuodd y tân nwy yn y parlwr, taniodd ei bibell a chymerth y papur newydd oddi ar y bwrdd. Dyma'r hwyrddydd cyntaf iddo ei fwrw ar ei ben ei hun er pan briododd.

Y Bedwaredd Bennod

Ym mharlwr tafarn yn Abertawe eisteddai Bob Maciwan a Ned Rhosser. Hwyrddydd yn niwedd Mehefin llaith ydoedd. Aethai'r bws chwech ers meitin i'r Drenewydd ond am rai wythnosau bellach collasid y ddau hyn o blith ei gwmni. Nid oblegid y stori amdano ef a'r forwyn y peidiasai Ned Rhosser â mynychu'r bws arferol. Ni phoenodd sylwadau cymdogion fawr arno. Bu'n rhaid iddo wynebu gwinc ac ysmaldod, a dywedid gan un ac arall, 'Deryn yw Ned'. Ond ni chyfeiriodd neb yn uniongyrchol at ei helynt. Ni thorrai neb reol ddiysgrif y bws chwech. Yr un ffunud maddeuasai ei wraig iddo a gwelid hwynt gyda'i gilydd fel cynt. Dechreuasai yntau fwrw'r bai am ei anffawd ar y ddamwain a fuasai'n achos iddi hi ddisgyn a'i ddarganfod ef gyda'r forwyn. Cam bychan wedyn ydoedd trosglwyddo'r bai ar ei wraig am iddi ddyfod i lawr y grisiau ar ei ôl; buasai hi'n gwbl ddedwydd petasai hi heb ein gweld ni. Yr oedd undonedd bywyd y faestref yn ei flino. Daeth arno awydd am newid, am gyffro'r dyddiau gynt gyda chymdeithion y caeau rygbi. Erchyll ganddo'r syniad y gwelid ef ar y bws chwech bob dydd trwy weddill ei oes. Rhag digwydd hynny, trôi'n achlysurol ar ôl gorffen yn yr offis i far cysurus y dafarn hon. Un prynhawn, tua chwarter i chwech, daeth Bob Maciwan i mewn i'r bar. Yr oedd Ned Rhosser newydd erchi ei ddiod a gofynnodd yn foesgar i Bob beth a gymerai:

'Chwisgi a soda,' ebr Bob.

'Wedi colli'r bws?' gofynnodd ei gymydog.

'Na. Cheisiais i mono.'

Eisteddasant ac ysmygu a sôn am anffodion criced Morgannwg. Er gweld ei gilydd yn feunyddiol ers misoedd ni buasai ymgom rhynddynt o'r blaen. Tua saith ar gloch aethant adref ynghyd.

Tyfodd y cyfarfod hwn yn arfer ganddynt. Ar ei gychwyn, criced a thennis a rygbi a cheffylau oedd testunau eu sgwrs. Er ei briodas collasai Bob Maciwan ei fwynhad mewn chwaraeon. Byddai'n annifyr pan soniai am rygbi wrth Fonica, gan gofio llawer ymddiddan gynt wrth fwrdd swper uwchben y siop yng Nghaerdydd. Yr unig dro y mentrasai ofyn iddi ddysgu chwarae tennis, aethai'n ffrwgwd rhyngddynt. Bu'n rhaid iddo dyngu na ofidiai ef o gwbl am iddo golli Hannah. Oblegid hynny rhoddai'r awr hon gyda'i gymydog yr un pleser iddo ef ar y cyntaf ag a rydd mitsio i blentyn ysgol; yr oedd yn anffyddlondeb hyfryd, diberygl. Gwrandawai'n ddiflino ar atgofion Ned Rhosser. Mwynhâi Ned ei wrogaeth a'i weniaith syml.

Yr oedd hefyd beth dyfnach yn eu tynnu at ei gilydd. Ni ofynnai'r naill i'r llall y cwestiynau moesgar a geid ar y bws; sut mae'r teulu? Sut mae Mrs Maciwan? Fel y dywedodd Ned Rhosser unwaith:

'All y gwŷr yna ar y bws ddim anghofio am hanner awr eu bod yn bennau teuluoedd. Maen nhw'n dweud straeon budron coch wrth ei gilydd weithiau fel y bydd eu plant bach yn dychmygu straeon tylwyth teg, oblegid nad oes un ddihangfa arall ganddynt mewn bywyd.'

Troes yn sydyn at Bob a mentrodd:

'Wyddost ti, does dim yn heneiddio dyn yn sicrach na bod yn rhy ddedwydd yn ei gartref.'

Deallodd Bob nad datganiad cyffredinol oedd hwn, ond cyfaddefiad a gwahoddiad. Gofynnodd:

'Wyt ti'n credu mewn byw yn beryglus?'

'Onid wyt tithau? Gêm yw bywyd, ac mi wn i sut mae ei chwarae.'

'Rwyt ti'n ffodusach na mi,' atebodd Bob yn fyfyriol.

Y diwetydd hwn ym Mehefin yr oedd Bob Maciwan mewn twymyn ysbryd. Drachtiodd ei wydr yn gyflym ac archodd ail a thrydydd gan annog ei gydymaith i'w ddilyn.

'Beth yw dy frys di?' gofynnodd hwnnw. 'Oes rhywbeth yn dy boeni?'

'Popeth.'

Chwarddodd Ned Rhosser.

'Paid â gofidio gymaint. Dysg fod yn ddifater. Mi fydda i'n ei gwneud hi'n rheol, os bydd pethau'n ddrwg yn yr offis neu yn y tŷ, i roi deuswllt ecstra ar geffyl siawns y diwrnod hwnnw. Fel yna mi fyddaf yn bwrw fy mhryder ar rywbeth diddorol gennyf. Yn aml iawn y ceffylau hynny sy'n llwyddo orau imi.'

'Gwrando, Ned.'

'Ie?'

'Peth ffiaidd yw i ŵr siarad am ei wraig . . .'

'Gad lonydd i'r rhagrith parchus yna. Rhwng gŵr a gŵr, os oes arnat ti angen cyngor, llefara'n onest . . .'

Distawodd Bob ennyd. Yfodd ei wydr i'r gwaelod ac archodd un arall. Yna gofynnodd:

'Wyt ti'n meddwl y gall gwraig fod mor eiddigus o'r plentyn yn ei chroth hi fel y myn hi farw ei hunan er mwyn ei ladd ef?'

Chwibanodd Ned Rhosser yn isel ac anesmwyth. Nid hyn a ddisgwyliodd ef.

'Fel yna y mae hi?'

'Wn i ddim. Ceisio dychmygu, dyfalu, yr wyf. Mae'r cwbl y tu hwnt i'm deall i. Ni chododd hi o'i gwely ers deufis.'

'Pam na cheisi di ddoctor i'w gweld hi?'

'Os soniaf i am hynny, mae hi'n gwylltio'n lân.'

'Ydi hi'n wir wael?'

'Rwy'n ofni hynny.'

'Faint mwy o amser sy ganddi i aros?'

'Deufis eto. Nid yw hi'n paratoi nac yn gwnïo dim, ac wfft imi os mentra i ddweud gair o obaith am y babi. Mi geisiais ddwywaith neu dair godi ei diddordeb hi drwy ddwyn adref bapur nyrsio, papur i famau ifainc yn disgrifio dillad priodol a phethau tebyg. Yr oedd hynny'n ei gyrru hi'n wyllt.'

'Y peth gorau yw iti ddwyn doctor i mewn heb ofyn iddi hi. Mae'n beryglus ei bod hi ar ei phen ei hun drwy'r dydd fel yna yn y seithfed mis.'

'Mi wn i hynny.'

Cododd tawelwch anghysurus rhyngddynt. Nid yn y cywair hwn yr arferent ymddiddan. Ebychodd Ned Rhosser yn hallt:

'Achos y pethau hyn yw ein dull annaturiol ni yn y dosbarth canol o fyw. Ein syniad ni am briodas yw cymryd mab a merch o ganol tylwyth a'u hunigo hwynt, bob cwpl dibrofiad ar eu pennau eu hunain, i weithio allan ar siawns eu hiachawdwriaeth briodasol. A gwae'r pâr ifanc a wna siarad amdanynt. Rhaid i bob tyaid ohonom gadw'r caead yn dynn ar ei grochan berw ei hun, nes ein gyrru ni weithiau i ffrwydro. Mi fydda i'n meddwl bod bywyd gwerin y slymiau, hanner dwsin o deuluoedd yn llenwi tŷ ac yn cymysgu eu helbulon blith draphlith â'i gilydd, yn fwy normal a dynol na'n rhesi ni o uffernau twt, pob un a'i gardd flodau o'i blaen.'

Cododd ar ei draed mewn tymer ddrwg, yn flin ganddo am ei gyffesiad, ac am iddo ddweud cymaint ar y tro.

'Wel, ddoi di adre?'

'Mi hi'n gynnar eto.'

'Mae hi'n hwyrach nag arfer. Dyro ddeuswllt yfory ar y ras brynhawn. Nos da'n awr.'

Aeth allan ar ffrwst megis un yn chwilio am awyr iach.

Archodd Bob ddiod arall. Felly, meddyliodd, dyna fi wedi digio'r unig un yr oedd ei gwmni'n help imi anghofio pethau.

Ond i ba beth yr âi adref? I baratoi bwyd iddo'i hun ac i Fonica? I sgubo a glanhau, gystal ag y gallai, yn y stafelloedd llawr? A'i llofft hi? Na, rhaid iddo beidio â meddwl am y llofft honno am dro. Beth pe ddywedasai ef wrth Ned Rhosser sut y treuliai ef ei nosweithiau? Gwenodd Bob yn chwerw wrth ddychmygu gwep ei gymydog. Yr angen am ychydig orffwys ar ôl ei ddiwrnod gwaith, cyn mynd ohono adref i gydio mewn gwaith arall, hynny ar y cychwyn a barodd iddo gymryd hanner awr o seibiant yn y dafarn dawel hon. Y dyddiau cyntaf hynny ni ddrwgdybiodd ef ymddygiad Monica. Canmolodd ei doethineb hi yn ymwrthod â chaledwaith, yn gorwedd ac yn segura. Sylwodd yn wir ei bod hi'n dawedog ac anghofleidgar, ond un oriog fu Monica erioed. Buasai'n well ganddo ef pa cymerasai hi forwyn i'w helpu, ond gan na fynnai hi hynny bodlonodd yntau ar brynu bwyd ar ei ffordd yn ôl o'r dref, ei goginio wedyn, a gwneud y cwbl a fedrai i gadw'r tŷ yn lân a threfnus. Yn aml yn ystod y pythefnos cyntaf fe ofynnodd iddi:

'A godaist ti heddiw?'

'Naddo.'

Tro arall:

'Wyt ti'n sicr dy fod di'n gwneud yn gall? Mae'r llyfrau doctor yna yn dweud y dylit gerdded tipyn bob dydd a gwneud gwaith ysgafn . . . Oes chwant bwyd arnat ti?'

'Oes.'

Edrychodd Bob arni hi'n bwyta. Tra gwnâi hi hynny yr oedd peth o'i hen sioncrwydd yn ei hymddygiad. Deallodd yntau o'i chanfod yn ysu'r cig ei bod hi ar ei chythlwng er y bore. Trannoeth, cyn mynd i'w waith, torrodd ef frechdanau iddi a'u gosod gyda siocled a llaeth a siwg ddŵr ar y bwrdd gwisgo ger y gwely. Aeth hynny hefyd yn arfer ganddynt.

Un noson dygasai Bob goed newydd adref ac ar ôl cinio aeth ati yn y gegin i fesur a llifio. Galwodd Monica arno:

'Beth wyt ti'n ei wneud?'

'Yr wyf wedi prynu coed ac yn dechrau gwneud crud i'r babi. Mae gen i gynllun crud gwych. Edrych arno.'

Troes Monica ymaith yn anniddig.

'Rhaid iti beidio. Fedra i ddim dal sŵn y llifio a'r torri coed. Mae fel sŵn gwneud arch i mi.'

Ceisiodd Bob droi'r gair yn ysmaldod:

'Mae cryn wahaniaeth rhwng crud ac arch.'

'Does fawr o wahaniaeth i mi.'

'Ond, Monica, rhaid inni wneud rhywbeth. Yr wyt ti'n gwrthod gwnïo un dim, a fedrwn ni ddim fforddio prynu popeth y funud olaf.'

'Na phrydera. Ni bydd raid iti brynu. Na, ddaliaf i ddim y sŵn llifio yna.'

Cofiodd Bob iddo ddarllen llith gan feddyg a ddywedai fod sioc cario a geni plentyn i ambell fenyw yr un mor arw ag ydyw sioc magnelau rhyfel i rai milwyr. Rhaid imi gofio hynny, myfyriodd ef, a chydymdeimlo â hi. Llusgai'r wythnosau yn eu blaen.

Gwingai Bob Maciwan ym mhresenoldeb poen. Cosbai ef ei hun, pan fyddai angen hynny, er mwyn arbed loes i rywun o'i gylch. Rhan o'i gnawdolrwydd meddal oedd y gordynerwch hwn. Gwybu Monica hynny, a defnyddiodd ei gwybodaeth. Darganfu y medrai hi drwy ei phoenydio ei hun droi ei fywyd yntau yn hunllef, fel na byddai awr o'r dydd na wasgai ei delw druenus hi ar ei amrant ef. Wrth ollwng ei gafael gyntaf ynddo daeth o hyd i ail afael.

'Bob, trefna'r gwely yma imi.'

Cofiodd Bob, pan gymerasant dŷ iddynt eu hunain, mai'n unig ar gelfi ei llofft y mynasai Monica fod yn afradlon. Llwm a gwael oedd gweddill eu stafelloedd, ond prynodd wely a gwardrob a bwrdd gwisgo o goed cyll Ffrengig. Gosododd hulingau Persaidd dyfnion ar y llawr. I'r gwely deufatras mawr dewisodd lieiniau Gwyddelig main wedi eu hemio ag edau a nodwydd. Gorweddai cwrlid sidanblu yn donnau gwyrddlas ar y blancedi i gynghanu â lliw orains y llenni hirion ar y ffenestr. Ond yn ei chobanau a'i siwtiau nos y diwallodd Monica ei henaid rhamantus. Da y cofiai Bob y noson yr ymwisgodd hi ynddynt gyntaf, gan brofi un rhyfeddod ar ôl y llall o flaen ei lygaid ef, pob coban a siwt firaglaidd yn llathru a chanu ar hyd ei chorff hi.

'Dewis prun fynni di imi ei gwisgo y noson gyntaf hon?'

'Monica, ti weriaist fwy ar y rhain nag ar weddill y tŷ yma, ac ni chaiff neb ond myfi weld dy ardderchowgrwydd di.'

'I ti, yn unig i ti, yr wyf i'n gwisgo ac yn byw. Ni chaiff neb arall ddychmygu sut un yw dy briod di. Dywed, onid wyf i gystal â Chleopatra?'

'Os wyt ti'n dymuno imi gyweirio'r gwely rhaid iti godi,' ebr Bob gan osod clustogau'r gadair esmwyth yn barod iddi.

'Na, waeth iti beidio, ond yn unig taclu'r blancedi.'

Tynnodd ef ddillad y gwely oddi amdani. Suddasai'r matras plu yn bwll yn y canol a'r ymylon yn codi'n anghysurus o'i chwmpas. Cronasai briwsion a darnau bwyd yn dew dan ei chluniau a'i thraed. Yr oedd y lliain gwely a'r gobennydd yn llwyd, ac ambell rwyg ynddynt. Arnynt ill dau ac ar ei choban gwelid marciau saim. Yr oedd olion cyfog ar y blancedi ac ar yr huling wrth droed y gwely. Yr oedd ei choesau hi yn dywyll ac wedi chwyddo, a lleiniau chwyslyd dan ei gên ac ar ei gwddf a'i dwyfron. Gorweddai Monica yn drom a disymud yng nghanol y drewdod.

Edrychodd Bob o'i amgylch ar yr ystafell. Nid oedd yno ddim nas halogwyd.

'Monica, mae yma oglau ffiaidd. Yr oedd yn rheol gennyt unwaith na châi'r cathod fyth ddyfod yn agos i'r stafell hon. O leiaf, gelli rwystro iddynt faeddu yma?'

'Rhaid imi gael rhyw gwmni, ond odid? Os na fynni di iddynt faeddu, dyro focs yn y gornel a phridd a lludw ynddo. Ni allaf i wneud heb y cathod yn awr.'

Amheuodd Bob am ennyd ei bod hi'n llawenhau yn sioc ei dristwch. Yna edrychodd ar ei chorff afiach, brwnt, ac wylodd mewn dychryn a phenbleth.

'Rhaid imi gael glanhau yma. A gaf i dy olchi di i gychwyn?'

Ond y cwbl a ganiatâi hi oedd newid llieiniau'r gwely a dwyn allan y matiau i'w hysgwyd.

'I ba beth yr wyt ti'n dy boeni dy hun?'

'Ond y stafell yma, Monica, y gwely hwn, a'th gorff di oedd yn beraroglau i gyd. Sut y gelli di oddef y drycsawr?'

Ni fedrai ef amgyffred nad oedd y llofft a fuasai unwaith yn deml iddi hi, na'r gwely a huliasai hi fel allor, na'i haelodau hi ei hunan, ond moddion a chyfryngau i Fonica, ac y gallai hi, unwaith y darfuasai am eu defnyddioldeb, edrych yn ddifraw ar eu halogi hwynt. Er mor deimladwy ydoedd, ni fedrai Bob Maciwan ddeall angerdd. Hyd yn oed yn nhymor eu gwynfydau ar y gwely mawr, rhyfeddasai ef weithiau at delynegrwydd ei wraig, brodwaith ei dychymyg hi o gwmpas gwaith syml y cnawd. Buasai serch llai gormesol yn dygymod yn aml â chlai cyffredin Bob, er na ddysgodd ef erioed fod yn ddihitio dan gyffyrddiad Monica. Hyd yn oed yn awr, ped estynnai hi law tuag ato o ganol ei holl fudreddi . . .

Gorchmynnodd Bob ddiod arall.

'Rhaid imi gadw llywodraeth ar fy nerfau. Nid oes ond deufis eto.'

Yr oedd wedi blino ac yr oedd ofn arno. O na bai ganddo un i roi llaw foethus, garedig ar ei arleisiau. Y peth creulonaf o'r cwbl yn ymddygiad ei briod tuag ato oedd ei diffyg maldod. Gynt, nid eisteddai hi i ddarllen papur newydd gydaf ef ger y tân heb fod ei throed yn croesi ei droed yntau neu ei braich ar ei ysgwydd a'i bysedd yn codi yn awr ac eilwaith i wasgu dolen ei glust. Erioed ar nos Sadwrn ni chawasai cronigl campau Rowe Harding yn y cae rygbi beri iddo anghofio mor dyner oedd cledr ei llaw hi. Ac yn awr, ers wythnosau, gorweddai'r dwylo anniwair yn llonydd a brwnt ar y blancedi, megis arfau rhydlyd wedi eu bwrw ymaith. Mewn cyfnod y disgwyliasai ef i anwyldeb braich a llygad a gwefus gynyddu ac i gymundeb y cnawd ddarganfod moddion cyfrin, anuniongyrchol i'w barhau, fe'i cafodd Bob ei hun yn ysgymun a gwrthodedig. Yn unig allan o gorneli cul ei llygaid yr ysbïai Monica arno. Yr oedd tôn ei llais pan lefarai wrtho yn gyhuddgar a sur. Ni cheisiai bellach liniaru dim ar ei haflendid. Chwarddai'n herfeiddiol pan sylwai ef ar ryw afledneisrwydd newydd a gwaeth na'i gilydd. Ni châi'r cathod mwyach fynd allan o'i llofft hi, a phan ddisgynnai ef oddi ar y bws odid na welai o waelod yr heol un ohonynt yn torheulo ar garreg y ffenestr. Deuai arno flys am afael yng ngwddf y gath a'i throi. Gofynasai unwaith wedi iddo garthu'r bocs lludw:

'Monica, fe ddylem roi diwedd ar y cathod yma?'

'Cei, wrth gwrs, wedi i mi fynd.'

A thynnodd Monica y gath ar ei mynwes noeth dan ddillad y gwely.

Ymollyngodd Bob Maciwan i dosturio wrtho'i hunan. Ni sylwodd ef fod dwy ferch a eisteddai mewn cornel arall i'r bar yn ei wylio gyda diddordeb. Yn null dynion aneffeithiol yr oedd ei feddwl yn troi a throi o gwmpas y cam a'r anghyfiawnder a wnaethpwyd iddo. Nid oedd Monica yn deg. Yr oedd hi wedi ei fradychu ef. Gymaint a aberthasai ef er ei mwyn hi, ac yn ddi-ddiolch. Hyd yn oed yr wythnosau hyn rhôi heibio'n gyson ran o'i gyflog erbyn yr amser esgor. Agorodd ei bwrs a chyfrifodd bedwar papur punt. Câi alw yn y banc drannoeth i'w dodi yn y cownt. Ond pan froliodd ef wrth Fonica am ei ddarbodaeth, ni wnaeth hi ond chwerthin.

'Cadw hwynt i'th fis mêl nesaf.'

Ei glwyfo ef oedd ei hunig bleser hi, dial ei phoen arno. Er mwyn ei daro a'i sarhau, fe fyfyriai, y maeddai hi bob dim y bu ganddo olwg arno. Ffrwyth ei gorff ef a gamdriniai hi yn ei chroth. Meddyliodd sut y buasai Hannah yn ymddwyn pe buasai'n feichiog; y golau a lewychasai yn ei llygaid hi, ei hychydig eiriau beilchion, cynnil, o serch a diolch i'w gŵr a'i cyfoethogasai, ei hymroddiad calon i'w gorchwyl. Ie, sut yr ymddwg gwraig tan ei gofal yw'r prawf terfynol ar ei hysbryd hi. Petasai ef wedi priodi Hannah odid na buasai ganddo ei siop ei hun erbyn hyn. Yr oedd Hannah yn wraig fusnes dan gamp. Ond daethai'r wraig hon rhyngddynt a difetha ei fywyd ef. Troes ei gartref yn domen cathod. O na byddai hi farw. Efallai mai hynny a fyddai. Byddai yntau wedyn yn rhydd. Câi ailgychwyn gan anghofio hunllef y misoedd hyn. Anghofio, anghofio. Pe câi ef ond un noson o ryddhad oddi wrth ei bryder, un noson o fwrw ymaith y cyfrifoldeb ac ymgolli rhwng breichiau croesawus.

Y mae'r dyn a dosturio wrtho'i hunan yn aeddfed i ymgreuloni tuag at eraill; main hefyd yw'r ffin rhwng hunandosturi ac anlladrwydd. Galwodd Bob am chwisgi arall. Bellach ni cheisiodd rwystro i'w ddychymyg ymddifyrru yn y syniad y byddai Monica farw. Peidiodd y meddwl â'i ddychryn. Yr oedd ganddo hawl i'w hangau hi a'i ryddid yntau. Hyhi yn gyntaf erioed a ddeffroesai nwydau gwylltaf ei natur ef. Hyhi drwy'r blynyddoedd a'u meithrinasai. Onid yw pob gwraig a gerir yn dethol ac yn gwysio i fywyd parhaus yr elfennau hynny yn ei charwr sy'n ei glymu ef wrthi. Felly y lladdasai Monica yn raddol y Bob hwnnw a garesid unwaith gan Hannah, a chododd i'w le ef ŵr ar ddelw ei dychymyg ei hun. Arwydd ei buddugoliaeth hi oedd fod ei flys ef, ing ei gorff ef am ei hystumiau a'i thriciau maldod hi, wedi goroesi yr ewyllys a'i lluniodd. Ei chreadigaeth hi oedd y dyn a eisteddai yn y dafarn yma yn dyheu am ei marw hi, dan lygaid dwy ferch mewn cornel arall i'r bar a ddaliai arno ers awr gan fesur ei barodrwydd i'w rwydo a'i ddwyn ymaith.

Daeth arno awydd angerddol am gosbi Monica. Cymaint ag a ddioddefasai hi hyd yn hyn, trwy ei sarugrwydd ei hun y bu. Ni byddai ei marw ychwaith yn iawn digonol am y sarhad a roesai hi arno. Os byddai farw heb iddo ef unwaith dalu'r pwyth iddi, byddai hyd yn oed ei hangau yn ystum olaf o ddiystyrwch. Ei ffoled ef yn bod mor dyner ohoni. Cyn y nos hon nid arosasai awr erioed ar ôl gorffen ei ddiwrnod gwaith heb frysio adref i'w thendio. Daeth weithian ben ar hynny. Fe gâi hi brofi ffisig esgeulustra.

Mor unig ydwyf, meddyliodd Bob, a'i champ hi yw hynny hefyd. Bu er ei briodas yn ddi-gyfaill. Ni wahoddasai Monica erioed neb i'w thŷ. Ni chlywsai hi angen am ffrindiau. Yn yr hen ddyddiau buasai ef a Hannah yn aelodau clwb tennis, mynychasent ddawnsiau a phartïoedd *bridge*, a chanddynt gylch eang o gydnabod o'r ddau ryw. Yr oedd Monica yn eiddigeddus, nid yn gymaint o ferched ag o wŷr, o bawb a hawliai ran ym mywyd ei phriod. Mynasai iddo ddianc oddi wrth y byd i chwarae gyda hi ddrama ddibaid, undonog angerdd serch. Llwyddasai yn y diwedd i'w ddidoli ef oddi wrth bob hapusrwydd iach, cyffredin. Yna, wedi iddi lwyddo, dacw hi'n ddisymwth yn torri'r chwarae ac yn gollwng y llwyfan i'r cathod ei halogi. Meddyliodd Bob yn chwerw mai peth ffôl i'r neb a gais ddedwyddwch yw rhoi ei wyau i gyd mewn un fasged. Bod yn anffyddlon, fel yr awgrymodd Ned Rhosser, yw'r allwedd i ddedwyddwch.

'Deg ar gloch, foneddigion, amser cau.'

Cododd Bob Maciwan ei olygon. Nid oedd wedi sylweddoli bod y bar mor boblog. Dyna hi eto – hyd yn oed mewn ystafell lawn o ddynion yn ymddiddan gyda'i gilydd rhoesai Monica gadwyn ei hunigedd amdano ef fel na allai o gwbl ymryddhau oddi wrth ei heffaith hi. Yn unig y funud olaf hon a'r cwmni yn ymadael gan ddweud nos da foesgar wrth wraig y tŷ, y deffrôi yntau i ddeall gymaint ar wahân yr oedd. Rhoes ei het am ei ben, cododd ar ei draed, cymerth ei wydr yn ei law i'w ddrachtio, a dywedodd wrtho'i hun yn isel:

'Iechyd drwg iddi hi.'

Atebwyd ef gan chwerthin ysgafn y ferch oedd yn mynd heibio iddo.

'Nid 'fi gobeithio?'

Edrychodd ef arni'n syn.

'Ddywedais i hynny'n uchel?'

'Wel, rhaid eich bod chi dros eich pen a'ch clustiau mewn cariad. Ddaru hi'ch siomi chi, a chithau'n disgwyl amdani drwy'r nos? Rhag ei chywilydd hi.'

'Yn awr, foneddigion, allan â chi os gwelwch yn dda. Cewch barhau'ch sgwrs y tu allan. Rhaid i mi gau.'

'Ond mewn difri, ni ddylech ei melltithio hi fel yna. Druan ohoni, beth wyddoch chi pwy a'i chadwodd hi, rhyw gariad arall, neu ddau efallai. Peth enbyd yw bywyd merch. Felly, fe fedrwch wenu? Yr oeddech chi'n pwdu mor ddychrynllyd drwy'r nos yr oedd arna'i chwant dod i roi 'mraich am eich gwddf i'ch cysuro. Ond mi ddaliaf swllt na welsoch chi ddim cymaint â'm hesgid i?'

'Naddo, nes i chi fy ateb i yn awr.'

'Dyna fe, swllt i mi. Wel, cwyd dy galon, dyw'r byd ddim ar ben. Wnaf i'r tro i ti yn ei lle hi? Ond chwarae teg iti, welaist ti ddim ohonof eto. Yr unig droeon y codaist ti dy lygaid oedd pan elwaist am ddiod. Aros nes ein bod ni dan olau'r lamp yna ac mi agoraf fy nghôt iti gael gweld. Yn awr, edrych. On'd wyf i gystal â hi?'

'Rwyt ti'n ddel iawn.'

'Del, os gweli di'n dda. Dyna'r cwbl? Un cynnil wyt ti o'th eiriau teg. Ffordd acw, i'r chwith. Dyro dy fraich imi. Dyna ti'n chwerthin bellach. Wyddost ti dy fod di'n edrych ddeng mlynedd yn iau eisoes? Dyma'r tŷ. Mae gen i allwedd. Fe gei di fy nilyn i oblegid mi

wn i lle mae bys y golau. Dyna fe. Lle bach del? Mor ddel â mi, ie?
Yn awr, beth a gymeri di, chwisgi arall?'

Sŵn cloc anghynefin yn canu canol nos a ddeffrôdd Bob
Maciwan. Agorodd ei lygaid ar ystafell olau – ni ddiffoddwyd y
golau trydan. Clywodd fraich dieithr dan ei ben. Sobrodd mewn
eiliad dychrynllyd a llamodd oddi ar y gwely.

'Mae gen i wraig yn aros amdanaf.'

Ni wrandawodd ar ateb ffraeth y ferch. Yn wyllt gan gynnwrf a
braw fe wisgodd amdano, ac yn ebrwydd yr oedd drws y tŷ wedi
cau ar ei sodlau ac yntau allan yn y stryd. Rhedodd i gyfeiriad y brif
heol. Yn unig wedi iddo gyrraedd yno yr arafodd ei gam.

Yr oedd y nos yn hafaidd a chlir, a ffyrdd y dref yn ddistaw dan
ei hud. A'i het yn ei law clywodd Bob awel denau, ysbrydol yn codi
ei wallt ac yn oeri ei gorun. Ymdawelodd yntau. Llaesodd ei gynnwrf
a pheidiodd curiadau ei galon. Cerddodd yn ysgafnach. Llanwodd
ei ysgyfaint â'r awyr glaear a gwacaodd hwynt wedyn gydag ochenaid
hir. Daeth arno heddwch corff iach wedi ei fodloni. Yn sydyn fe
chwarddodd yn uchel.

'Mi gymeraf fodur adref. Caf un wrth y stesion. Fe gyst ddecswllt
arall imi ond byddaf gartref mewn ugain munud.'

Rhoes ei law ym mhoced ei gôt i geisio un o'r tair punt oedd
yn weddill ganddo. Teimlodd. Nid oedd ei bwrs yno. Teimlodd ei
holl bocedi, a'i fysedd yn ffuredu dros ei ddillad. Yr oedd ei bwrs
wedi mynd.

Yn wan gan bendro eisteddodd Bob ar garreg drws offis y post.
Pa beth a wnâi? Mynd yn ôl i'r tŷ a chyhuddo'r fenyw? Darganfu,
wedi iddo ystyried, nad oedd ganddo syniad sut i ddyfod o hyd iddi.
Gallai ddilyn ei gamre yn ôl i'r stryd y tywysodd hi ef iddi, ond ni
sylwasai ar rif y tŷ, a chofiai mai un o res ydoedd. Pe curai, nid
agorid iddo. Ni feiddiai ychwaith ddweud ei helynt wrth blismon.

Cododd o'r diwedd ar ei draed. Yr oedd ganddo wyth milltir i'w
cerdded a dechreuodd ei esgidiau seinio eto drwy'r heolydd gweigion.
Yn ystod hanner awr cyntaf ei siwrnai erlidiai lleng o syniadau,
bwriadau, amheuon, ofnau, y naill ar ôl y llall drwy ei feddwl. Nid
oedd waelod i'w drueni. Onid oedd gan fywyd falais arbennig tuag
ato? Ei foddi ei hun heno a diweddu ei ofidiau ar greigiau enbyd Bro
Ŵyr? Neu aros allan drwy'r nos ac yn y bore codi ei gynilion o'r
banc a chymryd trên i Lundain a diflannu? Mynd adref ac yn

llechwraidd i lofft ei wraig a'i mygu yn ei chwsg? Yr wyf yn mynd o'm pwyll, sibrydodd Bob yn druenus wrtho'i hun pan na allai daflu'r bwganod hyn o'i feddwl. Ond parhaodd ei ddeudroed ar eu llwybr, ac yn raddol suddodd ei holl ofal i'w esgidiau. Daeth difrawder blinder arno yn awr. Ni feddyliai ragor. Yn unig pan gyrhaeddodd ef gyffiniau'r Drenewydd y deffroes ei ymwybod eto. Sut yr âi ef i'r tŷ? Pa beth a ddywedai wrth Fonica? A fyddai hi'n effro? Yr oedd yn rhy luddedig i falio. Cael cysgu, cysgu'n hir. Yr oedd yn dri ar gloch pan roes ef ei allwedd yn nrws ei dŷ.

Tynnodd ei esgidiau oddi am ei draed ac esgynnodd y grisiau yn ei hosanau.

'Bob?'

Yr oedd ei llais hi'n crynu. Aeth Bob i mewn ati. Deallodd ei bod hi'n wylo.

'Yr oeddwn i'n sicr dy fod di wedi mynd, wedi fy ngadael i.'

'Na, na, 'nghariad i. Cadwyd fi hyd ganol nos yn paratoi cwmpodau i long sydd i gychwyn cyn y bore, a chollais y bws olaf fel y bu'n rhaid imi gerdded yr holl ffordd adref.'

'Bob, paid â'm gadael i i farw fy hunan. O, yr oedd ofn arna' i. Ofn.'

Tynnodd Bob ei ddillad oddi amdano. Wylodd yntau gan ei flinder a chynnwrf ei nerfau a'i chroeso annisgwyl hi. Mewn ennyd fe'i taflodd ei hun i'r gwely wrth ei hymyl, i ganol y budreddi. Ym mreichiau ei gilydd cysgasant.

Y Bumed Bennod

Trannoeth, ar ôl i'w gŵr fynd i'w waith cododd Monica o'i gwely. Er gwegian ohoni ar ei thraed, gwisgodd gôt amdani ac eisteddodd yn y gadair freichiau. Yn awr ac yn y man rhoddai dro gofalus o gwmpas yr ystafell. Rhwbiai ei choesau hefyd i fyny ac i lawr gan geisio lleddfu eu chwyddiad ac ennill yn ôl eu nerth. Treuliodd oriau yn eu trin a'u harfer, ac wedi blino gorweddai dro ac yna mynd ati o newydd.

Y bore wedyn dywedodd wrth Bob:

'Paid â thorri bara 'menyn imi heddiw. Mi af i lawr fy hunan.'

Prin y gallai ef gredu ei glustiau:

'Tybed a fedri di, cariad?'

'Rhaid imi ddysgu.'

Yr hyn a ddeallodd Bob oedd; rhaid imi ddysgu bodloni fel gwragedd eraill. Aeth i'w waith gan hynny yn hapusach nag y bu ers deufis a brysiodd adref gyda'r bws chwech. Aethai Monica i'w gwely, ond yr oedd wedi ymolchi ac yr oedd lliain bwyd glân wedi ei osod i'w ginio ef. Yn ddiweddarach clywodd hi ef yn canu wrth iddo olchi'r llestri. Wedi gorffen, daeth i fyny i'r llofft. Nid oedd y bocs lludw yn y gornel arferol. Gofynnodd Bob yn syn:

'Ple mae'r cathod?'

'Bûm yn siarad heddiw gyda'r bachgen llefrith. Roedd e'n cwyno bod ganddynt lygod yn y llaethdy. Mi gynigiais innau'r cathod iddo, ac fe'u cymerodd hwynt i ffwrdd y prynhawn yma.'

Ni wyddai Bob ba beth i'w ddweud. Yr oedd ei llais hi'n galed ac yn ei rybuddio rhag ceisio'i chofleidio hi. Ychydig funudau wedyn gofynnodd Monica:

'Fedri di ddod adref yn brydlon 'fory?'

'Medraf, hyd y gwn i. Pam?'

'Rwy'n credu fy mod i'n ddigon cryf bellach i fentro allan am dro. Ddoi di gyda mi nos yfory?'

Addawodd Bob. Ond nid oedd ei lawenydd yn bur. Yr oedd elfen o anesmwythder ynddo. Byddai'n dda ganddo allu ei dwyllo'i hun i gredu bod yn edifar gan Fonica am ei hymddygiad tuag ato a'i bod hi'n awr yn newid ei buchedd ac yn ceisio adennill ei serch ef. Yn ôl ei chyfaddefiad ei hun dychrynwyd hi'n fawr y noson honno y tybiasai hi iddo ei gadael hi; dechreuodd ei diwygiad o'r bore wedyn. Byddai'n hyfryd meddwl mai ei fuddugoliaeth ef oedd hyn a bod y wialen o'r diwedd yn ei law ef. Wedi'r cwbl, os oedd ef yn awr i fod yn dad ac yn benteulu, gweddus oedd iddo'i brofi ei hun yn feistr. Nis carai ef hi ddim llai wedi iddo'i gorchfygu. Odid nas carai'n fwy; byddai yn ei serch yn rhithyn hwnnw o led-ddirmyg neu dosturi neu ymostyngiad efallai, sy'n perffeithio cariad gwrywod. Y dyddiau hyn clywai Bob angen mawr am resymau i'w barchu ei hunan.

Ond ni allai fod yn sicr. Er bod Monica wedi newid, ni throes hi ychwaith i'w faldodi ef. Pan ddeffroesant ym mreichiau ei gilydd y bore hwnnw, yr oedd arni hi gymaint cywilydd ag yntau. Nid estynnodd law tuag ato wedyn. Mynnodd Bob dawelu ei amheuon. O leiaf gofynnodd hi iddo fynd allan gyda hi.

Y noson ganlynol ni ddaeth Bob adref cyn naw ar gloch. Wedi blino aros amdano, eisteddodd Monica yn y gadair freichiau yn ei llofft.

'Mae'n ddrwg iawn gen i,' ebr Bob, 'ond nid oedd mo'r help. Nid fy siop fy hunan sy gen i, wyddost ti, ac ni allwn wrthod aros i orffen y gwaith.'

'Paid â gofidio. Nid yw o bwys yn y byd.'

Atebodd Monica yn gwbl ddidaro, ond yr oedd Bob yn gynhyrfus. Edrychai'n welw ac annifyr.

'Rwyt ti'n gweithio'n hwyr yn rhy aml,' meddai hi wrtho gyda hanner gwên.

'Sut arall y medrwn ni dalu'r ffordd?'

Yr oedd ef ar fin ffraeo gyda hi. Cododd Monica i fynd i'w gwely.

'Wna nos yfory'r tro?' gofynnodd yntau.

'Wrth gwrs, os mynni di, a'th fod di'n rhydd.'

Er pan briodasant arferasai Bob a Monica ddweud mân anwireddau wrth ei gilydd. Yn nhymor eu serch bu'r arfer yn un cyfleus. Yr oedd yn ddull didramgwydd o daflu oddi ar eu ffordd unrhyw ffaith a allasai fod yn rhwystr iddynt ymgolli'n ebrwydd ym mhleserau'r cnawd. Pan ddatguddid y celwydd rywdro'n hwyrach ni ddigiai'r naill wrth y llall, eithr chwerthin yn anghyfrifol fel plant. Ond yn awr, a'r hin wedi newid, yr oedd eu hadnabyddiaeth hwynt o anwiredd ei gilydd yn troi'n berygl. Gwyddai Monica mai celwydd oedd y gweithio hwyr. Gwyddai Bob ei bod hi'n gwybod, a llidiodd wrthi oblegid na chuddiai ei gwybodaeth. Sorrodd hithau oblegid ei bod yn chwilfrydig ac na wyddai'r gwir.

Y noson wedyn daeth Bob adref yn brydlon. Ond ei dro ef oedd hi'n awr i fod yn hwyrfrydig.

'Oes rhaid inni fynd allan? Oni byddai eistedd yn yr ardd yn well?'

'Mae arna i eisiau mynd yr un tro hwn yn neilltuol.'

'I ble'r awn ni?'

'I'r fynwent.'

Y fynwent yw'r llecyn anwylaf yn y Drenewydd. Fe orwedd mewn dôl isel a llethrau coediog o'i chwmpas ar dair ochr. Bu'r ddôl hon rywdro yn wely afon, ond suddasai'r afon tan ei gwely calchfaen; ogof neu ddwy wrth draed y llethrau yw'r cwbl a erys o'i holion. Wyneba'r fynwent fechan tua'r de a chysgodir hi rhag pob gwynt. Plannwyd gardd flodau o gwmpas y capel sydd wrth ei phorth, ac oddi yno i ben gogleddol y fynwent lluniwyd llwybr a choed yw gogyhyd, trefnus ar y ddwy ochr iddo, sy'n rhannu'r gladdfa yn ei chanol gan arwain golygon yr ymwelydd o'r capel i fyny i ben eithaf y ddôl lle y lleda'r derw a'r ynn a'r llwyfanwydd eu canghennau i'r adar. Rhwng y ddwyres ywydd hyn, a saif fel colofnau duon yng nghanol croesau marmor y beddau, y rhodia'r cynhebryngwyr ac y dygir yr eirch blodeuog i'w gorweddle. Rhyngddynt hefyd ar brynhawniau Sul a gŵyl y bydd llanciau a llancesi yn cerdded fraich ym mraich a mamau ifainc yn tywys eu cerbydau baban. Ar ambell fedd plentyn sydd gerllaw'r rhodfa gosodwyd delw angel bychan gwyn, a gwelir weithiau enethig deirblwydd yn rhedeg rhwng y rhesi yw oddi wrth law ei mam i roi cusan frwd ar wefusau yr angel ciwpid.

'Wyt ti'n cofio'r tro olaf y buom ni'r ffordd hon?' gofynnodd Bob.

'Sul y Blodau, yntê?'

Y prynhawn hwnnw yr oedd y fynwent yn fwy o ardd nag erioed. Trwy'r dydd Sadwrn cynt, ac o'r plygain cynnar y Sul, buasai gwŷr a merched wrthi'n ddyfal yn tacluso'r beddau, yn lladd y chwyn ac yn gosod narsisws a thiwlip a chennin Pedr i decáu'r gladdfa. Erbyn y prynhawn daethai cannoedd yno yn ôl eu hen ddefod, rhai i fwynhau'r olygfa a llawer wedi teithio o bellteroedd er mwyn gosod tusw ar fedd y teulu. Gwelid tlawd a chyfoethog, pentrefwyr gwladaidd y Drenewydd a gwragedd moethus a ddisgynasai o foduron didrwst, ochr yn ochr yn trefnu blodau ac yn trin y glaswellt. Dyma hen arfer sydd wedi goroesi holl chwyldroadau Deheudir Cymru, ac er nad oes odid wefus bellach ar brynhawn Sul y Blodau yn sibrwd y *memento etiam Domine*, eto fe symuda'r dwylo yn dyner ac offeiriadol wrth eu gorchwyl, gan awgrymu eu bod hwy o leiaf yn cofio ac yn ymbil. Y prynhawn hwnnw dywedasai Monica:

'Mi hoffwn petai Mam wedi ei chladdu yma. Byddai gen innau fedd wedyn.'

Yr oedd dwy ffordd o Heol yr Eglwys i borth y fynwent. Nid oedd y llwybr dros y cae yn llawn dau ganllath. Eithr mynnai Monica ddilyn y briffordd oedd dros hanner milltir. Dyma'r ffordd yr â'r cerbyd, ebr hi wrthi ei hun. Cerddai'n araf. Yr oedd ei thraed yn rhy fawr i'w hesgidiau. Pwysai'n llwythog ar fraich ei phriod. Wedi cyrraedd y porth safodd ac edrychodd yn hir i fyny'r rhodfa rhwng y ddwyres yw. Gorweddai'r fynwent dan gysgod; yr oedd coed trwchus y llethrau yn cuddio haul y gorllewin. Nid oedd neb ond hwy ill dau yno yn y tawelwch. Rhynnodd Bob yn sydyn. Tynnodd hithau ei braich oddi wrtho.

'Hoffwn i ddim bod yma fy hunan ganol nos,' ebr ef gan geisio siarad yn ysgafn.

'Pam? Wyt ti'n credu mewn ysbrydion?'

'Wn i ddim, ond byddai'n well gennyf beidio er hynny, rhag digwydd imi weld rhywbeth.'

'Fyddai hynny ddim yn ddychryn i mi. Byddai'n fwy o ddychryn bod yma ganol nos heb fod dim yn symud na dim i'w weld.'

'Dyw'r adar ddim yn canu'n awr.'

'Awn i fyny'r llwybyr.'

Aethant yn araf rhwng yr ywydd. Edrychai Monica o'i chwmpas. Daethant i'r rhan wag o'r gladdfa yn y pen. Safodd Monica.

'Wnei di fy nghladdu i yma, yn y fan hon?'

Cynddeiriogodd Bob.

'Da ti, Monica, paid â bod yn benwan. Rwyt ti'n fy syrffedu i gyda'th siarad disynnwyr. Mi fyddaf i farw o'th flaen di eto.'

Atebodd hithau'n bwyllog:

'Paid â digio. Nid siarad yn wag yr wyf i. Mae'n wir fy mod i y misoedd diwethaf yma wedi gwneud cam â mi fy hun. Ond hyd yn oed heb hynny, ddeuwn i ddim drwy hyn. Wyddost ti mo fy oed i.'

'Sut hynny?'

'Rwyf fi bron iawn yn ddeugain. Cafodd fy mam ddau blentyn rhyngof fi a Hannah, ond bu'r ddau farw cyn eu geni.'

Ni wyddai Bob beth i'w ateb. Teithiodd eu meddyliau gyda'i gilydd yn ôl am eiliad at eu dyddiau cyntaf ynghyd.

'Yr oeddit ti'n llanc ifanc diniwed iawn y pryd hwnnw.'

Aeth yn ei blaen yn hunanfeddiannol.

'Gwrando. Rhaid iti geisio fy neall i yn awr. Rwyf innau'n mynd i geisio dweud y gwir wrthyt ti. Rwyt ti'n meddwl fy mod i'n pwdu y ddeufis diwethaf yma oblegid fy mod i'n mynd i gael plentyn. Efallai dy fod yn tybio imi ddigio wrthyt tithau. Nid hynny oedd. Digio wrth fywyd a wnes i. Yr oeddwn i wedi cynllunio pethau. Roeddwn i wedi dy ennill di ac wedi penderfynu dy gadw di i mi fy hunan. Heb dy rannu di gyda neb arall. Gan feddwl y medrwn i. Heb baratoi ar gyfer y peth mwyaf naturiol yn y byd. Hyd yn oed pan gefais i fy mod i'n feichiog, mi dybiwn am dro y gwnawn i hynny yn rhaff arall. Yna, y diwrnod yr aethost ti i Gaerdydd, fe ddaeth popeth yn eglur imi. Gwelais fy mod i eisoes wedi methu. Mi ddeellais nid yn unig fod fy nghorff i wedi newid ac na byddwn i fyth eto yn lluniaidd iawn, ond hyd yn oed heb hynny mi wyddwn nad fy nglendid na'm serch i chwaith oedd yn dy ddal di wrthyf ers tro hir, ond yn unig diogi a hen arfer. Mi gofiais dy eiriau di pan ddywedais i sut yr oedd hi arnaf. Chwarae teg iti, nid dy fai di oedd fy mod i wedi fy nhwyllo fy hun mor hir. Penderfynais innau y diwrnod hwnnw y rhown i'r gorau iddi. Cheisiwn i ddim mwy dy swyno di na'th fodloni di. Fe gait fynd yn rhydd. Felly y meddyliais i. Druan ohonof, doeddwn i ddim yn fy adnabod fy hun. Mi ddechreuais fynd yn ddiofal am fy nghorff ac am fy nillad a'r gwely er mwyn dy yrru di oddi wrthyf. Cyn hir iawn gwelais fod hynny'n dy boeni di ac yn dy ddwyn di'n ôl ataf mewn dull newydd, a chyn imi hanner sylweddoli'r peth yr oeddwn i'n cael blas ar dy erlid di a'th frifo di a'th gadw di mewn pryder amdanaf. Yn union yr un blas, wyddost ti, â phan oeddwn i'n cysgu gyda thi. Allwn i ddim meddwl ond am driciau newydd i'th flino di a llenwi dy feddwl.

Yr oedd arfer wedi mynd yn drech na minnau. A hynny hyd at y noson yr arhosaist ti oddi wrthyf. Y noson honno mi gefais fraw. Nid ofn dy golli di. Nid yr hyn a feddyliaist ti o gwbl. Ond mi welais unwaith eto yr hyn oedd wedi digwydd imi. Mi welais na fedrwn i mo'th adael di'n llonydd na'th roi di i fyny. Doedd gen i ddim llywodraeth yn y peth. Dyna ddarfu 'nychryn i. Dychryn oherwydd gwybod bod yn rhaid iddi ddod i hynny a minnau'n anabl iddo. Mi ddechreuais grio fel plentyn y nos honno. Daethost tithau ataf i'r gwely. A'r bore wedyn mi ddechreuais fy nysgu fy hun mewn ffordd arall. Mae'n beth od, yr wyf i wedi bod yn unig drwy fy mywyd. Chefais i ddim cyfle i fod fel arall; ac eto fedrais i erioed ei dderbyn ef yn beth i'w oddef. Allwn i ddim aros i edrych arno. Yr oedd yn rhaid imi gael fy ffansïon i lenwi'r gwagle oedd yn fy mywyd i. A phan ddaethost ti i mewn i'm bywyd, thynnaist ti ddim ohonof allan o'r ffansïon yna, ond mi'th dynnais i di i mewn iddynt. Tegan oeddit ti i mi. Cherais i monot ti'n onest erioed. Hannah oedd yn dy garu di. Ond fedrwn i ddim gadael llonydd iti. Ac mi wyddwn na lwyddwn i fyth heb imi ddyfod gyda thi i ddewis fy medd a dweud y gwir wrthyt ti o'i flaen ef. Bydd yn rhaid imi adael llonydd iti yma, ac ni elli dithau boeni os byddaf i'n maeddu fy nghoban.'

Chwarddodd Monica, ei hen chwerthin uchel, annaturiol; a thaflwyd ei atsain yn ôl atynt dros y beddau gan greigiau'r llethrau o'u cwmpas.

'Tyrd adref,' ebr Bob, mewn sibrwd. Yr oedd ef erbyn hyn yn sicr bod Monica ymhell o'i hiawn bwyll a bod ei hafiechyd wedi effeithio ar ei meddwl hi.

'Ie, awn adref, gallwn gymryd y llwybr dros y cae yn awr.'

'Monica, a gaf i alw'r doctor i'th weld di yfory?'

'Cei os mynni di.'

Aethant ymaith. Llusgai Monica ei thraed yn drymach na chynt, megis petai clai y fynwent eisoes ynglŷn wrthi.

Daeth doctor y pentref y prynhawn wedyn. Galwasai Bob arno ar ei ffordd i'w waith. Agorodd Monica iddo, aeth i'w gwely, a dilynodd yntau hi i'r llofft wedi clywed ei bod yn barod. Gofynnodd lu o gwestiynau iddi, archwiliodd ei chorff yn ofalus, a difrifolodd ei wedd fwyfwy fel yr âi yn ei flaen.

'Mrs Maciwan,' ebr o'r diwedd, 'mi ddof yma heno i roi fy adroddiad i'ch priod ac i gael ymddiddan am bethau. Rhaid imi gyfaddef wrthych fod eich cyflwr dipyn bach yn anfoddhaol. Fe ddylasech fod wedi dyfod ataf i bedwar mis yn ôl. Yn awr, y peth y bydd yn rhaid inni ei drefnu yw eich symud chi i ysbyty preifat yn y dref. Byddwch yn fodlon mynd yno?'

'I beth, doctor?'

'Hwyrach y gallwn ni eich helpu chi gydag operesion fechan, reit syml. Y mae'r poenau o gwmpas eich cefn ac i lawr y coesau yn bur ddrwg?'

'Ydyn.'

'Os dewch chi i'r dref yfory mi gaf farn arall i'm helpu. Rhaid inni wneud popeth a allwn ni drosoch chi, a hynny ar unwaith. Efallai y bydd yn ddoeth cymryd y baban yma oddi wrthych. Wn i ddim yn iawn eto.'

Yng ngeiriau gochelgar y doctor clywodd Monica ei dedfryd. Yr oedd hi'n ddigon craff i'w ddeall pan soniodd ef am dueddiadau at ddropsi.

Aeth y meddyg allan gan ofyn:

'Pa bryd bydd Mr Maciwan adref?'

'Fe ddywedodd ei fod yn debyg o fod yn hwyr heno, gan ei fod yn gweithio tan saith. Bydd yma cyn wyth.'

'O'r gorau, mi ddof innau tua naw ar gloch. Mi fyddaf efallai wedi trefnu i gael gwely i chi erbyn hynny. Prynhawn da.'

Gwrandawodd Monica arno'n mynd i lawr y grisiau, yn cau drws y tŷ, yn troedio ar raean y llwybr, yn cau llidiart yr ardd a drws ei fodur; clywodd y peiriant yn cychwyn a'r car yn symud i lawr yr heol, y corn yn canu ar y gornel, a churiad y peiriant yn cyflymu a phellhau a mynd yn aneglur ac yna'n ymgolli yn y ffin ansicr honno rhwng murmur a distawrwydd, lle nid yw'r distawrwydd yn sylwedd newydd eithr yn estyniad diderfyn o'r murmur ei hun. Ar ambell orig angerddol mewn bywyd y mae'r glust ddynol mor denau fel y clyw hi ryw un sŵn arbennig sy'n bwysig ganddi yn hir wedi iddo droi'n ddistawrwydd, ac wedyn fe glyw ddistawrwydd y sŵn hwnnw yn elfen neilltuol, anghymysg yn y distawrwydd cyffredinol yr ymgyll ef ynddo, a bydd yn hir cyn yr elo'r ddau ddistawrwydd yn un tawelwch crwn.

Felly y clustfeiniodd Monica ar fodur y doctor. Yn ddiweddarach

– mewn pum munud arall efallai – byddai'n rhaid iddi wynebu ystyr y pethau a ddywedodd ef, y bygythiad arswydus, cynnil. Am y tro yr oedd synnwyr ei chlust hi yn ymestyn i dderbyn iddo'i hun holl sioc yr ymweliad; felly ambell waith y gwelir y botymau mawrion mewn stesion derfyn ar y ffordd haearn yn ymsuddo ynddynt eu hunain i liniaru ergyd y peiriant a yrrwyd yn rhy chwyrn i'r orffwysfan.

Nid oedd dim yng nghenadwri'r doctor nas gwyddai hi o'r blaen. Gwyddai amcan arwyddocâd y chwyddiadau mwy na chyffredin oedd yn gwneud ei chorff yn boen iddi. Gwyddai fod ei hangau hi yddynt. Oni throes hi at angau megis at briod newydd? Yr oedd wedi cefnu nid yn unig ar serch a chwant, ond ar erlid hefyd a chasáu. Ffarweliasai hyd yn oed ag anwiredd. Trwy ba ymddisgyblaeth y dysgodd hi o'r diwedd ymwadu â'r dychmygion gweigion a fuasai'n llen rhyngddi a diddymdra bod? Neithiwr ddiwethaf fe ddewisodd ei bedd. Syllodd ar y pridd a fyddai'n ei chuddio hi mewn byr amser. Syllodd arno nes treiddio o'i gwelediad i lawr drwyddo hyd at y bocs derw lle y byddai'r llygaid hyn a edrychai wedi troi'n dyllau pryfed yn fuan, a'r ymennydd oedd yn gweithio y tu ôl iddynt wedi pydru i ychydig wlybwch yng ngwaelod y benglog. Yr oedd hi wedi edrych ar hynny, wedi ei ddal o flaen ei llygaid yn ddigon hir i deimlo'i gwaed yn fferru a'i phersonoliaeth, ei chwant a'i hewyllys, yn crino ac edwino yn ychydig lwch wrth ei thraed. Pa ddychryn a allai'r doctor ei daflu i'w mynwes mwy?

Celwydd? Twyll a chelwydd. Tybiasai Monica fod ganddi'n ddiogel ddeufis arall o dawelwch. Heb iddi sylweddoli'r peth, buasai'r deufis hyn o hoedl yn gefn i'w holl ehofndra ac yn ganllaw i'w phenderfyniad a'i hymddisgyblu. Tra bu'r deufis hyn ganddi bu'n hawdd iddi gymryd braich ei phriod a'i dywys ef ar hyd yr un llwybr ag y cynhebryngai ef ei helor hi yn ddiweddarach. Gyda'r deufis hyn yn ei meddiant cafodd flas ar ddraddodi'r araith felodramaol honno yn y fynwent a mwynhaodd ddryswch annifyr ei gŵr a chlirdeb ei gwelediggaeth ei hun a threiddgarwch ei brawddegau. Cyfnod amhendant, estynnol oedd deufis. Yr oedd ynddo faint, wyth neu naw wythnos efallai, trigain diwrnod a phedair awr ar hugain ym mhob un. Nid oedd ei fuandra ond mymryn yn fwy amgyffredadwy, mymryn yn fwy ofnadwy, i feddwl normal, cyffredin na phetai'n ddeng mlynedd. Ni ddychrynai neb yn fawr o glywed nad oedd iddo ond deng mlynedd arall o einioes. Ni fedr ein meddyliau eiddil ni barhau am fwy nag ychydig funudau mewn cyflwr o ddychryn. Yr ydym mor blentynnaidd fel y trown ni'r arswyd pennaf, ond inni allu rhoi tipyn bach o bellter rhyngom ac ef, yn ddifyrrwch i'n meddyliau cyn bo hir. Gallai mil a mwy o bethau ddigwydd mewn deufis. Tra oedd ei hing olaf hi ddeufis penagored oddi wrthi, cawsai Monica bleser yn ei gwylio'i hunan, yn chwarae gyda'r syniad am ei thranc, yn union fel y bydd nofelwyr a beirdd yn chwarae gydag ef, gan lunio eu brawddegau ffug-ddyfnion o'i gwmpas a'u ffigurau mawreddocaf, anonestaf. Felly hefyd y bydd llofrudd a gondemniwyd i'w grogi yn apelio at lys uwch yn erbyn y ddedfryd. Ni thybia ef y bydd ei apêl yn llwyddiannus ond fe'i cysura'i hunan: ni all dim ddigwydd imi cyn y dyfarniad; a bydd dyddiad y llys uwch, gyda'r busnes o baratoi ar ei gyfer, yn llen rhyngddo a phopeth a fo i'w ddilyn. Wedi methu ohono yno, fe bwysa ar ei dwrnai i apelio'n uniongyrchol at drugaredd yr Ysgrifennydd Cartref; bydd ganddo bapurau i'w llenwi, ei gyfreithiwr a'i deulu i ymgynghori â hwynt. Felly rhyngddo a sylwedd y crocbren bydd eto ysbaid ansicr, penagored y gall unrhyw beth, ac efallai – pwy a ŵyr? – yr un peth anhygoel, annisgwyliadwy, ond angerddol ddymunol, ddigwydd ynddo. Yn y cyfamser cyfoethog hwnnw, sydd mor fyr i bawb y tu allan i'r gell ond sy'n ymestyn fel aur y cybydd i'r llofrudd condemniedig, hudir ef i fwynhau'r olygfa o'i drychineb ei hun, ei sefyllfa eithriadol rhwng bywyd a marwolaeth, a hyd yn oed y mynd a dyfod a'r ymgynghori a'r sibrwd o'i gwmpas, ymweliadau ei deulu a dwyster ymddiddanion y caplan. Bydd medr dihysbydd dyn i ymgolli mewn dychmygion a chwaraeon ffansi, ei allu i droi popeth a ddigwydd iddo yn ddrama i'w ddifyrru ei hun, yn fur rhyngddo a dychryn. Odid nad yn yr oriau hynny gyda'u cynnwrf a'u hansicrwydd bendigedig y clyw ef flas bywyd yn felysaf. Yna, un noson, ac yntau newydd drefnu ei wely cyfyng yn ei gell ac yn dyfalu pa gam pellach a gymerir drannoeth yn ei achos, daw llywodraethwr y carchar i mewn ato a dweud; yfory am wyth ar gloch y bore fe'th grogir di. Bydd y newydd mor annisgwyl ganddo, bydd ei ddychryn mor enbyd, â phe nas condemniasid ef erioed i'w grogi cyn y funud honno. Fel yna, yn gwbl ddirybudd, ar ganol ei hactio, y daliwyd Monica.

Mor hawdd y syrthiasai hi i'r fagl. Yn ei hawydd i'w hargyhoeddi ei hun ei bod hi mwyach yn ddihitio pa beth a ddamweiniai iddi, fe ganiataodd i Bob alw ar y doctor. Yn y funud honno o goegni a balchder ysbryd ymadawodd â'i llywodraeth ar ei heinioes a'i rhoi ei hun yn anghyfrifol yn nwylo eraill. Daeth ei thaliad yn ebrwydd. Bore yfory fe'i cludid hi ymaith, dodid hi i orwedd mewn gwely cul dan do dieithr, clywai eto dincial poteli ffisig, deuai'r meddygon yn eu cotiau gwynion o'i chwmpas hi megis y gwelsai hwynt gynt yn gogwyddo dros gorff ei mam, rhoddid y gogr clorofform ar ei genau a'i ffroenau, gorchmynnid iddi anadlu a chyfrif un, dau, tri, pedwar . . . Ffôi ei hymwybod oddi wrthi a byddai'r tywyllwch wedi ei goddiweddyd. Yr oedd Monica yn sicr na ddeffrôi hi ddim allan o'r clorofform. Neu os deffrôi, deffro fel ei mam gynt, yn unig i ddioddef y bangfa olaf.

Cododd Monica o'i gwely. Ni feiddiai orwedd yn llonydd i feddwl am yfory. Yr oedd yr hyn a fuasai hanner awr yn ôl yn ddigon pell oddi wrthi wedi dyfod weithian yn heno ac yfory. Byddai'r doctor erbyn hyn yn y dref yn trefnu gwely iddi. Y mae arswyd yn fud a di-lun. Teganau a bwganod y dychymyg yw'r benglog a'r bedd. Nid hwynt sy'n ddychrynllyd, ond y munudau olaf, y peidio â byw. Dechreuodd ymresymu; nid wyf i mor sâl â hynny chwaith. Os rhaid imi farw, pam na chaf i aros yn dawel hyd at y funud olaf? Ydyn nhw am ddwyn oddi arnaf fy wythnosau prin i er mwyn achub bywyd y plentyn yma? Nid yw'n deg, nid yw'n iawn. O na bai Bob yma, neu Mam. Cerddodd yn drwsgl o gwmpas y tŷ, o ystafell i ystafell, yn rhoi cadair yn ei lle yma, dysgl acw, yn chwilio'n wyllt am fân ddyletswyddau cysurlon pob dydd i'w hargyhoeddi hi mai breuddwyd oedd ymweliad y doctor ac nad oedd dim wedi newid yn ei byd. Aeth i ystafell ei phriod a dechreuodd fynd dros ei ddillad, eu haildrefnu a thynnu allan i'w trwsio grysau a rwygesid yn y lawndri. Teimlodd hwynt yn dyner. Cofiodd y prynhawn y prynodd hi'r crafat hwn i'w wisgo gyda'i siwt las ef, y bore y dewisodd hi'r gŵn llofft sidan acw i'w ben blwydd. Yr oedd pob drôr yn y gist yn tystio am eu bywyd hwy gyda'i gilydd.

Gwasgodd Monica un o'i siwtiau nos ef yn erbyn ei boch. Perthynai'r gwisgoedd hyn mor agos i'w bywyd beunyddiol onid oedd ynddynt rywbeth o gynhesrwydd a chysur cyfaill. Syrthiodd deigryn o'i llygad ar y cotwm gwyn. Clywai lonyddwch y tŷ yn erchyll. Caeodd y drôr yn drystiog er mwyn torri ar y distawrwydd, ond ni wnaeth y sŵn namyn dyfnhau y mudanrwydd o'i chwmpas a chyffroi ei nerfau hi i anesmwythyd gwaeth. Tynnodd i agor drôr arall, y drôr bychan ym mhen uchaf y gist, lle y cedwid hancesi poced a choleri ei phriod. Ni ddaeth y drôr yn rhydd. Tynnodd eilwaith. Yr oedd clo arno. Peth od, nid arferai Bob gloi dim, chwaethach ei gloi a dwyn ymaith yr allwedd. Deffrowyd ei chywreinrwydd hi. Aeth i chwilio am ei sypyn allweddau ei hunan. Yr oedd yn dda ganddi gael rhywbeth i dynnu ei meddwl oddi wrth yfory. Rhaid iddi ymgadw yn ddiwyd oni ddeuai Bob adref, peidio â rhoi cyfle i'w hofn, llenwi ei meddwl. Tybed na allai hi alw ar Mrs North eto neu Miss Evans?

Pa beth, tybed, a gadwai Bob mor ofalus dan glo? Gwenodd gan ddychmygu amdano yn casglu rhyw betheuach bychain i'r baban disgwyliedig, ychydig napcynau efallai neu siôl, ac yn eu rhoi mor ddiniwed yn y drôr rhag iddi hi eu gweld a gwylltio wrtho. Mor ffôl y bu hi yn gwrthod rhoddion bywyd. Pe câi hi ddechrau o newydd fe wnïai hithau a llenwi ei droriau i groesawu'r bywyd ifanc oedd o'i mewn. Tybed a fyddai'r baban fyw wedi ei dynnu oddi wrthi? Yr oedd hynny'n bosibl yn y seithfed mis. Na, rhaid iddi beidio â meddwl am hynny. Profodd ei hallweddau ar y drôr. O'r diwedd cafodd un i afael, ac o dreisio ychydig llithrodd y clo yn ei ôl. Agorodd y drôr. Nid oedd yno na siôl na dilledyn newydd. Gorweddai'r coleri glân yn ddel yn y pen agosaf ati. Y tu ôl iddynt trefnwyd yr hancesi poced yn ddwy res, y rhai lliw ar y chwith a'r gwyn ar y dde. Craffodd Monica ar y llythrennau R. M. a frodiasai hi yn y corneli. Paham gan hynny yr oedd y drôr dan glo? Tynnodd ef allan i'w lawn hyd, ac acw, yn y pen pellaf, darganfu botel ffisig, blwch bychan o eli, lliain a swp o wlân. Cymerth Monica hwynt i'w dwylo. Yn gyffredin pan fyddai Bob yn anhwylus, ni byddai'n fyr o gwyno. Ni thorasai fys erioed wrth iddo dorri torth heb ddyfod ati hi'n ffwdanus i'w rwymo. Yr oedd rhywbeth plentynnaidd ac annwyl fel yna ynddo. Rhyfedd felly ei fod yn cymryd moddion heb yngan gair wrthi. Ei bai hi oedd hynny hefyd; ni chawsai ef gyfle yn y deufis diwethaf. Edrychodd ar y botel a'r blwch. Nid oedd enw cemist arnynt. Darllenodd ar y blwch: 'Gwenwyn; defnyddier yn ôl y cyfarwyddyd'. Yr enw, Mr Maciwan, gyda'r dyddiad oedd ar y botel. Wedi ystyried gwelodd nad oedd y dyddiad ond deuddydd yn ôl, sef y dydd y siomodd Bob hi gan dorri ei amod a dyfod adref yn hwyr. Nid gweithio'n hwyr y bu gan hynny, ond yn ymweld â doctor. Yr oedd ef yn awr, y dydd hwn, dan ofal meddyg. Nid eu meddyg eu hunain chwaith; adwaenai Monica ei lawysgrif ef. Dechreuodd amau a drwgdybio. Eisoes meddiennid hi gan ddrygargoel sicr a yrrai'r gwaed yn llif drwy ei phen. Rhoes y drôr ar y gwely a chwiliodd dan y papur sidan oedd yn leinin iddo. Cafodd yr hyn a ddisgwyliodd amdano, pamffledyn swyddogol: Cyngor i rai'n dioddef gan afiechydon gwenerol. Eisteddodd ar y gwely i'w ddarllen. Curai ei chalon fel pendil mawr, afreolus yn erbyn ei bron. Dawnsiai llythrennau'r papur o flaen ei llygaid gan wawdio pob ymdrech i'w dal a'u deall.

Ond safodd un ffaith yn syth ac eglur fel stryd o'i blaen, yr oedd Bob wedi ei thwyllo hi'n braf. Tra buasai hi'n gofidio am na fedrai ollwng ei gafael ynddo, bu yntau'n ymhyfrydu fel gŵr gweddw yn ei ryddid. Rhaid ei fod wedi chwerthin ynddo'i hun ar ei hymddiddan hi yn y fynwent a'i chais i osod gagendor diweirdeb rhyngddynt drwy sôn am ei marwolaeth – ac yntau ers talm yn edrych arni megis celain na ellid mo'i chyffwrdd ond â dwylo anchwantus, caredig. Hynny a esboniai ei amynedd gyda hi a'i diriondeb wrthi; yr oedd ei flys yn mwynhau ymborth arall. Trugaredd dirmyg a difaterwch ydoedd, y drugaredd a estynasai hithau unwaith i'w mam.

Nid arhosodd Bob ychwaith, megis Ned Rhosser, nes bod ei baban hi ganddi a'i breichiau'n llawn. Yn ofer y mynnodd hi gadw benywod eraill o'r tŷ. Cawsai Bob sbri faleisus yn drysu pob cynllun o'i heiddo, yn gyntaf i'w gadw ef yn ffyddlon iddi ac wedyn i'w diddyfnu ei hun oddi wrth ofalu. Diau mai cysgu gyda merch y bu ef y noson y tybiasai hi iddo ei gadael hi. Odid nad y noson honno y cafodd ef ddrwg. Yna, wedi ei daro'n afiach, sylweddolodd yntau ei berygl, cynlluniodd fodd i'w symud hi oddi ar ei lwybr, daliodd ar y cyfle a roes hi iddo i alw'r doctor ati, a chytunodd o flaen llaw gyda hwnnw i'w dodi hi mewn ysbyty yn y dref. Felly fe drefnodd na ddarganfyddai hi mo'i gyflwr ef, a thybiodd y byddai hi farw'n hwylus yn ei hanwybod.

Ond yr hunllef gwaethaf, a wnaeth i Fonica afluniaidd wingo a chrynu ar y gwely, oedd y syniad bod ei phriod y noson honno wedi codi o freichiau putain afiach, wedi datod ei gorff o'r cyplysiad heintus, marwol a'i ddwyn ef adref, gyda hadau pydredd wedi gwreiddio ynddo, ac eisoes yn dechrau gweithio eu dolur clafrllyd, a'i daflu ei hun felly i'w breichiau hi ei hunan ac yn erbyn ei chorff hi. Wrth feddwl am eu cofleidio y noson honno clywodd Monica flas gwaed yn ei genau. Yr oedd hi wedi brathu drwy ei gwefus.

Aeth i'w llofft ei hun a dechreuodd wisgo amdani. Eisoes yr oedd ei phenderfyniad wedi gafael yn ei meddwl ac yr oedd yn gorchymyn i'w gweithredoedd, er mai o fraidd y deallai hi eto amcan ei symudiadau. Nythodd ei bwriad yn ei hymwybod yn awr, a thaflodd allan ohono bob dim a fuasai'n groch yno ychydig funudau'n gynt. Nid oedd ond trigain munud er pan ddarfu sŵn modur y doctor ar ei chlustiau ac y chwyldrowyd ei bywyd fel nad oedd dim yn y byd yn bwysig ganddi ond y wybodaeth arswydus fod ei heinioes wedi crebachu i lai na diwrnod a bod ei munudau olaf yn ymyl. Weithian, awr fer yn ddiweddarach, yn unig oherwydd taro ar botel a blwch a phamffledyn mewn drôr, estynnwyd hyd ei bywyd yn annherfynol, yr oedd angau wedi ymbellhau draw dros y gorwel, a'r unig beth agos ati a phwysig oedd ei balchder clwyfedig ac eiddigus yn peri iddi adrodd wrthi ei hun, tra gollyngai hi ei phais dros ei phen a'i thynnu'n ofalus dros ei chluniau, rhaid imi gael profion, rhaid imi gael profion.

Wedi'r cwbl ni byddai potel ffisig a blwch eli yn ddigon mewn llys ysgar. Er mwyn cael ysgariad oddi wrth Bob byddai'n rhaid iddi gael tystiolaeth am ei anffyddlondeb a phrofi i sicrwydd natur ei afiechyd. Yr unig fodd y medrai hi hynny, meddyliodd Monica, oedd drwy gael gafael yn ei ddoctor a chael gan hwnnw fynd yn dyst. Tynnodd ei hosanau dros ei gliniau a chlymodd hwynt yn llac â phinnau dwbl, gan na allai oddef bellach gymaint â gardas ar ei choes. Heb iddi unwaith symud ei meddwl arno gwnâi bopeth a fedrai wrth iddi wisgo i arbed poen i'w chorff. Cymerth siswrn a thorrodd wnïad ei hesgidiau isel yn y cefn goruwch y sawdl fel y gallai wthio ei thraed i mewn iddynt yn haws; ond yr oedd ei meddwl, tra gwnâi hynny, yn cyfrif pa sawl tŷ doctor oedd yn Heol y Coed yn Abertawe, yr heol yr ymgasglasai ynddi fwyafrif meddygon y dref. Byddai'n rhaid iddi fynd o un i un, a holi ym mhob tŷ yr oedd plât pres arno ai yno y daethai ei phriod i'w drin. Yn sydyn fe gofiodd fod Bob wedi ei rhybuddio cyn iddo ymadael y bore y byddai'n gweithio tan saith y nos hon. Onid ystyr hynny oedd fod ganddo bwyntmant gyda'i ddoctor ar ôl gorffen ei waith?

Edrychodd Monica ar ei horiawr, yr oedd hi eisoes wedi pasio pump ar gloch. Gallai ddal y bws hanner awr wedi, a bod yn y dref erbyn chwech. A bwrw y cymerai hi ddeng munud i gerdded o'r fan y safai'r bws i waelod Heol y Coed, tybed a fyddai hi mewn pryd i ddyfod wyneb yn wyneb â Bob wrth ddrws ei ddoctor? Byddai hynny yn berffeithrwydd dial. Dychmygodd Monica weld ei wyneb ef yn newid, ei lygaid ef y tu ôl i'w gwydrau (canys yr oedd Bob yn ddiweddar wedi mynd yn fyr ei olwg) yn croniglo gyntaf ei amheuaeth, ei anghrediniaeth mai hi oedd hi, yna ei anghrediniaeth yn troi'n sicrwydd ac yn ddychryn. Na, nid edliwiai hi ddim iddo, ond gofyn iddo erchi modur i'w dwyn hwynt adref; ac yna yn y modur ac yn y tŷ fe wnâi iddo gyfaddef, fe dynnai oddi wrtho yr holl ffeithiau, fe gâi ganddo enw ei ddoctor, disgrifiad o'r ferch a'r tŷ lle y buont yn cysgu, fe gâi wybod ganddo sut y cyfarfu ef â hi, fe godai ei obaith ef hefyd a rhyddhau ei dafod drwy ddweud wrtho: Faddeuaf i ddim iti os na ddywedi di wrthyf bob gair o'th hanes, y gwir i gyd. Felly drwy fygwth ac addo fe dynnai'r stori oddi wrtho. Darganfu Monica fod ei chwilfrydedd hi, ei dyhead i wybod, yn llawn mor angerddol â'i blys am ddial.

Yr oedd y syniad bod Bob arall heblaw y Bob a adwaenai hi, Bob y gallai gwedd ac ystum gwraig arall ei alw i fywyd a'i gynysgaeddu â phrofiadau anhysbys iddi hi; y syniad hefyd fod merch arall yn byw filltiroedd oddi wrthi a allai ar siawns ddisgrifio gŵr a gysgasai rywdro gyda hi, a disgrifio ei eiddgarwch a'i chwerthin a'i ddulliau caru, a gwrthrych y disgrifiad hwnnw efallai yn llwyr wahanol i'r gŵr a fuasai ers blynyddoedd yn gywely iddi hi ei hunan, fel na ddychmygai hi o wrando ar eiriau'r wraig ddieithr mai un gŵr oeddynt; yr oedd y syniad hwn o ddieithrwch Bob yn corddi chwilfrydedd Monica. Ni feddyliodd hi o'r blaen y gallai chwilfrydedd fod yn elfen mor gref mewn eiddigedd. Mae ganddo fywyd arall na wn i ddim amdano, ebr hi wrthi ei hun. Fe ddaeth i'm gwely i y noson honno heb imi amau am eiliad mai o fraich merch arall, a honno'n butain afiach, y dihangodd ef. Sut un yw ef wedi'r cwbl? Beth a wn i amdano? Wel, fe fynnai wybod, a chael Bob ei hun i ddiwallu ei chwant. Fe gâi ei Bob hi ddragio'r Bob arall, dieithr iddi, o flaen ei llygaid hi, a'i ddangos iddi yn ei noethni ar wely anghynefin. Trwy ei chwestiynau manwl – nid arbedai hi un dim, hyd yn oed y manion mwyaf preifat – mynnai ddatguddio pob act o'i eiddo'r noson honno. Gwyddai hi'n burion sut i'w groesholi ef, sut i chwarae arno. Ac yna, wedi iddi gael y cwbl ganddo, wedi ei faeddu ef yn llaid ei atgofion, fe'i lluchiai ef oddi wrthi, fe anfonai'r ffeithiau at hen gyfreithiwr ei thad yng Nghaerdydd, a châi Bob adnabod grym eithaf ei dial hi. Nid un a faddeuai fel Mrs Rhosser oedd hi. Gorffennodd wisgo amdani. Caeodd ddrws y tŷ yn glap ar ei hôl.

Curodd Miss Evans ar ei ffenestr a chwifiodd ei llaw i'w chyfarch, ond nid edrychodd Monica i fyny. Rhedodd Mrs North at ddrws ei thŷ, cododd glawr y twll llythyrau a gwthiodd ei dau lygad i'r agen. Gwaeddodd ar ei merch:

'Yr argoel fawr, mae Mrs Maciwan yn mynd tua'r pentref. Weli di hi?'

'Sut mae modd imi a chithau'n sbio?'

'Mae hi'n mynd fel llong mewn storm. Beth ddwedodd y doctor wrthi, tybed? Mae golwg ofnadwy arni, fel petai hi mewn diod. Edrych mor simsan mae hi'n cerdded. I ble'r â hi? Mi rown botel gyfan o frandi am gael gwybod. Rhed i'r post, ferch fach, i brynu stamp dimai a sbia os mynd gyda'r bws y mae hi.'

Yng ngwaelod y stryd yr oedd Mrs Clarens a churad y plwyf yn sgwrsio gyda'i gilydd ynghylch trip blynyddol y mamau. Gwelsant Fonica'n dyfod. Pesychodd y curad mor sydyn fel y plygodd yn ei ddwbl tua'r llawr. Cododd Mrs Clarens ei thrwyn fel clochdy eglwys tua'r nefoedd. Yr oedd Mrs Falmai Briand gerbron drych wrth ffenestr ei llofft yn cyweirio'i haeliau; pan welodd Fonica syrthiodd ar ei gwely dan chwerthin. Felly y ffarweliodd Heol yr Eglwys â Monica Maciwan.

Yr oedd y bws ddeng munud ar ôl ei amser a bu raid i Fonica sefyll yng ngwaelod yr heol. Prynhawn heulog, trymaidd ydoedd hi; edrychai'r merched a basiai yn eu ffrogiau haf yn syn ar ei chôt laes a geisiau'n ofer guddio ei chorff anferth. Clywai Monica donnau gwres yn codi o gwmpas ei chroth, sychodd y chwys oddi ar ei gwddf a'i hwyneb, eisoes yr oedd ei hesgidiau yn gwasgu ar ei thraed. Bu'n dda ganddi ymsuddo i un o seddau'r bws. Ceisiai ddal ei meddwl rhag crwydro oddi ar ei neges; rhaid i mi ddal ati i'r pen. Ond ysgydwai'r bws hi mor boenus fel y bu raid iddi afael â'i dwy law yn y sedd o'i blaen. Yr oedd pob stop sydyn i gasglu teithwyr, pob ailgychwyn wedyn a newid gêr yn ei sigo a'i briwio. Ymlanwodd y bws wrth agosáu at y dref, eithr nid oedd lle ond i fachgennyn ar un sedd gyda Monica. Gwthiodd hi ei het oddi ar ei thalcen, agorodd ei chôt i oeri ei bron, a chilysbïai'r bachgennyn i fyny i'w hwyneb tanbaid. Prociodd ei fam ef yn ei gefn gan sibrwd; paid â sbio arni, ond caeasai Monica ei llygaid ac ni chlywodd ddim. Ni chlywai ond ei phoen a'i bwriad, ac eisoes yr oedd ei phoen yn codi fel llanw dyfroedd gan fygwth cracio grym ei phenderfyniad. Dechreuodd ddymuno ei bod hi gartref, nid oedd ganddi nerth, bu'n rhy ryfygus. Ond yn fuan wedyn clywodd lais rheolwr y bws yn gweiddi, 'Terminus.'

Stopiasai'r bws yn agos i'r farchnad. Priffordd oedd Heol y Coed yn arwain o ben gorllewinol y dref i'r maestrefi cefnog ar odre Bro Ŵyr. Troes Monica ei thraed tuag yno. Adeg cau'r siopau ydoedd, o'i chwmpas hi brysiai ceir a fforddolion ar eu hynt adref; rhuai'r tramiau trystiog, cyfarthai cyrn y moduron, rhedai'r merched siopau a llanciau busnes i ddal eu bws neu drên. Ymddangosai Abertawe gyda'i strydoedd trafferthus, anninesig, fel nyth morgrug anferth a chwyldrowyd gan drawiad rhaw. I Fonica, a fagesid mewn dinas, yr oedd rhywbeth tlodaidd yn y prysurdeb ac yn y rhesi siopau anolygus a barodd iddi ymgaledu yn ei neges ddialgar. Na, ni faddeuaf i iddo, myfyriodd hi, fe gaiff e dalu am ei driciau brwnt, y creadur salw. Yn y strydoedd hyn ei salwedd ef, iseldra gwael ei gymeriad, hynny a'i cythruddai hi. Clywai awydd am roi ei sawdl yn ei wyneb ef. Prysurodd ei cham mor sionc ag y medrodd. Erbyn iddi gyrraedd gwaelod Heol y Coed yr oedd wedi colli ei gwynt. Safodd, gan bwyso yn erbyn bocs teleffôn ar y gornel.

Yr oedd yr olygfa wedi newid. O'i blaen hi ymagorodd ffordd lydan, lân a dwy res o goed deiliog, megis mewn *boulevard*, un ar bob ochr iddi. Codasid y tai y tu cefn iddynt yn y bedwaredd ganrif ar bymtheg. Nid oedd ganddynt geinder strydoedd dinesig y ddeunawfed ganrif, ond yr oeddynt yn uchel a phedwar llawr i bob un. Safent yn rhesi gogyfuwch, tawel, urddasol, yn datgan bod y tu ôl i'w drysau trymion a'u ffenestri oriel o gerrig, fywyd teuluol trefnus, hamddenol a thraddodiad o weddusrwydd a sefydlogrwydd.

Ar y drysau solet hyn y bwriadai hi guro. Yn y stafelloedd eang acw y byddai'n rhaid iddi egluro ei neges ffiaidd. Nid peth mor hawdd ag a dybiasai ydoedd chwilio am dystiolaeth gwarth yn y pyrth hyn. Yr oedd golwg dawedog, gyfrinachol arnynt. Dywedent wrth a'u gwelai fod bywyd dyn yn rhy werthfawr i'w sarnu a bod ganddo hawl i'w barchu a'i amddiffyn. Clywai Monica eisoes eu cerydd ar ei chais. Daeth arni betruster a digalondid, a gyda hwynt ymwybod o newydd â'i phoen. Rhaid iddi frysio, onid e fe ballai ei nerth. Gwasgodd ei childdannedd wrth ei gilydd a symudodd ymlaen. Daeth at y plât pres cyntaf, agorodd y llidiart haearn a chanodd y gloch.

Prin y gwyddai hi fwy nes ei bod yn eistedd ar soffa ddofn a gŵr tal, canol oed yn sefyll o'i blaen. Ni sylweddolai hi iddi fod yn aros ddeng munud yn yr ystafell fawr, ehangach hyd yn oed na'i disgwyliad, gydag un o ysgythriadau Frank Brangwyn ar y mur gyferbyn â hi. Deffroes o'i hanner llewyg pan glywodd lais uwch ei phen yn gofyn:

'Wel, madam?'

Atebodd mewn ffrwst gwyllt:

'Mae arna' i eisiau gwybod am fy ngŵr. Ai chi yw ei ddoctor ef? Rhaid imi wybod beth yw natur ei afiechyd. O ran hynny, yr wyf yn gwybod (ac estynnodd y pamffled i'r doctor). Ond rhaid imi gael eich gair chi i brofi hynny. Fedra' i ddim cael ysgariad oddi wrtho heb hynny, ac y mae'n rhaid . . .'

'Maddeuwch i mi am dorri ar eich traws. Beth yw eich enw chi ac enw eich priod?'

'Maciwan, Robert Maciwan. Mae'n ŵr go fain, tywyll, yn gwisgo sbectol . . .'

'Nid oes neb o'r enw hwnnw ym mysg fy nghleifion i. Pwy a'ch anfonodd chi yma?'

'Neb. Dyfod yma gyntaf a wnes i gan fy mod i'n mynd i chwilio . . .'

'Arhoswch, Mrs Maciwan. Yn awr, gwrandewch arnaf i . . .'

Ond ni wrandawai Monica. Yr oedd yn ddigon ganddi wybod nad oedd Bob yma. Dyheai am ddianc, am gyrraedd y doctor nesaf. Yr oedd brys arni. Clywai'r llais uwch ei phen yn pregethu iddi gyda'r acen garedig, fydol-ddoeth a fegir yn arbennig gan feddygon. Yr oedd yn parablu am hawl cleifion i'w cyfrinach ac am ddyletswydd a moesarferion doctoriaid. Meddyliai Monica mai'r stryd oedd yn siarad wrthi, gan mor debyg oedd y llais a'r geiriau i'r hyn a ddisgwyliasai. Ceisiodd godi o'r soffa, ond syrthiodd yn ei hôl. Tawodd y meddyg ac edrychodd arni.

'Arhoswch yn dawel,' ebr ef mewn llais awdurdodol.

Aeth allan a dychwelodd yn ebrwydd gyda llond gwydr o ddiod: 'Yfwch hwn,' ebr ef, 'a chedwch yn llonydd. Mi ddof yn ôl atoch mewn dau funud.'

Aeth y meddyg allan ac at y teleffôn a galwodd ar y doctor oedd yn byw agosaf eto, ryw hanner canllath yn uwch i fyny Heol y Coed:

'Chi sy yna, R–?'

'Ie.'

'Gair o rybudd. Mae gen i fenyw erchyll yma yn mynd o gwmpas gan holi pwy yw doctor ei gŵr hi. Maciwan yw enw'r gŵr, a rhywbeth gwenerol arno, gallwn dybio. Mae'r wraig am ei waed ef, beth bynnag. Meddyliais y dylwn roi rhybudd i chi, beth bynnag, cyn ei gollwng hi allan. Wnewch chi anfon y newydd ymlaen?'

Chwarddodd y llais y pen arall i'r wifren teleffôn.

'Popeth yn dda, diolch yn fawr. Mae Maciwan yn fy nghlinig i yn awr a dôs fendigedig ganddo. Mi ofalaf nas gwêl hi ef.'

Dychwelodd y doctor at Fonica.

'Ydych chi'n well?'

'Ydwyf, diolch.'

Cododd ar ei thraed.

'Yn awr, Mrs Maciwan, y peth gorau i chi yw cymryd tacsi yn syth adref. Onid e, fe wnewch niwed mawr i chi'ch hunan. Ystyriwch, beth pe dechreuai eich gwewyr yma ar y stryd? Cofiwch hefyd nad yw'r ffaith fod eich priod yn afiach yn unrhyw brawf iddo fod yn anffyddlon. Mae llawer dull o ddal afiechyd. A hyd yn oed os bu, fe'i cosbwyd ef ddigon eisoes. Y mae gennych chithau ddigon o achos pryder ynoch eich hunan heb fynd i chwilio am drwbl. Dydd da i chi.'

Yr oedd hi eto ar y stryd, yn symud ymlaen at y plât pres nesaf. Ond rhoesai geiriau'r doctor dro newydd i'w meddwl; i ba beth yr ymboenai os na byddai tystiolaeth meddyg yn ddigonol mewn llys ysgar? Dechreuodd y darlun o Bob yng ngwely un o ferched y stryd golli ei eglurdeb yn ei meddwl. Clywodd ei chas tuag ato yn llithro oddi wrthi, a difaterwch blinedig yn ei flotio allan. Crwydrodd ei syniadau. Cofiodd am ei harswyd rhag puteinwyr a phuteiniaid pan oedd hi'n llances yng Nghaerdydd, arswyd nas deallasai erioed, ond a arhosai yn elfen fywiog yn ei hatgofion am ei rhodianna liw nos. Efallai mai ei harswyd o un o fwganod ei llencyndod a'i gyrrodd hi'r prynhawn hwn, er gwaethaf ei phoen a'i hanghysur, ar y siwrnai seithug hon. Yr un un oedd hi'n awr ag yn y blynyddoedd hynny ar strydoedd Caerdydd. Ni byddai chwaith fyth yn wahanol. Buasai fyw bellach yn ddigon hir i wybod mai cymeriad dyn yw'r hyn a wna ef o'i lencyndod. Dyna sy'n greulon yn ein tynged ni, mai'r hyn sy'n ymffurfio ynom yn y cyfnod mwyaf anystyriol yn ein hoes, pan nad oes gan ein rheswm na'n barn lywodraeth o gwbl ar ein gwaed, hynny a'n rheola ni hyd at ein ffun olaf. Cofiodd Monica ddelfrydau ei hieuenctid, Cleopatra a'r Pompadour; beth oeddynt hwythau ond puteiniaid? Efallai nad oedd ei harswyd rhag merched y stryd yn ddim namyn dychryn o edrych yn rhy agos ar ei delfryd ei hun. Yn ddifraw ddihitio bellach dywedodd; efallai mai dyma ydwyf innau.

Cododd ei golygon. Yr oedd tŷ'r doctor R– wrth ymyl. Ond beth a fynnai hi yno? Ymddangosai ei neges iddi weithian yn rhyfedd ac anesboniadwy. Prin y gallai sylweddoli iddi ymboeni i ddyfod yma o'r Drenewydd i ddial ar un y collasai hi bob diddordeb ynddo. Gallai Bob fynd yn rhydd. Ai ef yn wir a'i dug hi yma? Yn sydyn deallodd a chofiodd; nid erlid Bob oedd ei bwriad o gwbl, eithr dianc, dianc rhag unigedd y tŷ hwnnw lle y clywodd hi ddedfryd marwolaeth, dianc rhag y bygythiad erchyll, rhoi llen o brysurdeb rhyngddi ac yfory, llenwi ei meddwl, poeni ei haelodau, unrhyw beth a phopeth er mwyn medru anghofio. Yr oedd ei llaw ar lidiart y doctor R– ond gollyngodd ei gafael. Llithrodd yn araf i'r llawr.

Rhyw dri munud wedyn agorodd y doctor y drws.

'Dewch eto brynhawn dydd Llun, Mr Maciwan, ac mi rof i chi *injection* arall. Ni raid i chi ofni, fe ddewch yn holliach yn fuan. Hylô, beth mae'r wraig yna yn ei wneud ar lawr? Hai, help, help . . .'

Y DIWEDD